男の不作法

内 館 牧 子

男の不作法　目次

男の不作法

♂ 上に弱く下に強い

ある夜、都心のレストランに男女各二人が集まり、食事会を開いた。

当時、全員が五十代半ばだったはずだ。私と女友達はよく会っていたが、男性二人とは本当に二十年ぶりくらいだった。

店に現われた二人は、確かに二十年の年は重ねていたがダンディで、すてきなナイスミドルになっていた。何だかすごく嬉しかった。

そのレストランは都内でも有名店だが、まったく気取りがなく、居ごこちがいいことでも有名だった。

私たちはワインで乾盃《かんぱい》し、二十年間の積もり積もった話に夢中になった。

料理はコースでオーダーしていたので、アミューズから始まり、いい頃合いで次の皿が出てくる。会話の邪魔をしないように、ウェイターはほんの一言二言、料理の説明をしてサッと引きあげる。

スープが出てきた時だっただろうか。ウェイターの説明を、そのナイスミドルの一人が声を荒らげて止めた。

「いちいち、うるさいんだよッ。何の料理でもいいから、置いたら引っ込めよッ」

本当にこう言った。この強さでこの言葉遣いだった。

前述したように、説明はほんの一言二言であり、まったくうるさくない。一流店のマナー教育はさすがだと思わせるタイミングなのである。

叱られたウェイターは頭を下げ、

「失礼致しました」

と、すぐに去った。

が、私たち三人はシラけるというか、萎えるというか、一瞬にして楽しい気分が霧散してしまった。

このナイスミドルは、学歴も職歴も「超」のつくエリートで、かつスポーツマン。その上、顔も姿もいいため、若い頃からそれはもてる人だった。

もう一人のナイスミドルは、ナイスではあるが「超」はつかず、若い頃ももてるという容姿ではなかった。

やがてまたウェイターがやってきた。ほんのりと笑みを浮かべて、四人の前に皿を置いた。説明はせずに、ワインを最後まで注ぐと言った。

「お飲み物、いかがなさいますか」

すると、「超」が言ったのだ。

「君、ホントにうるさいね。カラになったと思ったら、いいから持ってこいよ。気がきかないなァ」

こんな話がどこにある。勝手に持ってくるウェイターがどこにいる。

私はもう早いところ帰りたくなっていた。たぶん、他の二人もそうだったのだろう。

「超」のつかない方の男がウェイターに笑顔で言った。

「もう酒はいいです。ありがとう」

帰宅後、別れたばかりの女友達に電話をかけた。彼女は「超」と同じ大企業に勤めているのである。私は言った。

「あの人、昔から下に強いとこあったけど、あそこまでひどくはなかったでしょ。何かあったの？」

「あったと言えば、あるのよ。六月に系列の子会社に飛ばされるの」

「えッ、あのエリートが？」

「うん。彼がずっとヘイコラしていた上司が、去年、ラインから外れてさ。その上司、役員確実って言われてたのに、地方の支社長になるの。そうなりゃ、あの彼だって飛ばされるわよ」

そして、彼女はせせら笑った。

「みんな、ザマーミロって感じよ。あからさまに上にヘイコラで、下にはそのストレスぶつける強さだったもん。人望ゼロ」

ウェイターにあの態度だ。それは推して知るべしである。

ここで「上に弱く、下に強い」のは男の不作法だとして、「必ず報いがある」となれば美しいのだが、世の中、そうとばかりも言えないから腹が立つ。

私は脚本家としての仕事が全然ない頃、フリーでライターをやっていた。

仕事の大半は、NHK出版が出している「ドラマムック」だった。これは朝のテレビ小説や大河ドラマのガイド本とでも言おうか。あらすじや舞台地紹介、出演者とスタッフのインタビュー等々の、写真もふんだんで、きれいな一冊だった。ドラマを楽しむ上でベストのガイド本だったと思う。現在もその形式でずっと出版されている。

朝のテレビ小説の場合は年に二回、大河ドラマの場合は年に一回出る。私は原稿を書くのが速かったせいか、舞台地訪問から俳優インタビュー、あらすじまで、本当によく起用してもらった。

この「ドラマムック」の仕事だけで、年間のスケジュールは全部ギッシリ。無名の駈け出しのフリーライターにとって、これは考えられないほど恵まれている。そして、編集スタッフたちとは同年代で、気が合い、現在でも年に何度か飲み会をやっている。

そのムックの中で、読者の関心が高いページのひとつに、インタビューがあった。出演俳優に、そのドラマへの思いなどを語ってもらうことが中心だが、意外なことに困っていて驚いたり、陰で努力していることが笑えたり、人となりが見えてとても面白い。また、脚本家や音楽家、大河の場合は殺陣師《たてし》や時代考証家等々、日頃は聞けない話が読者に喜ばれていた。

私はそのインタビューも、一手に引き受けていたのだが、これが楽ではない。というのも、朝ドラや大河に出る俳優陣、また音楽家や時代考証家などは多忙な人ばかり。マネージャーにお願いしてインタビューの時間を取ってもらうだけで一苦労なのである。

やっと取ってもらっても、コンサートの楽屋では十五分とか、打ち合せ後の二十分とか、まさに分刻み。私はロケにも同行し、俳優やスタッフの空き時間に、ほとんど「突撃」という感じでインタビューをしていた。

その際、ショックを覚えたことが、何回かある。前述したように、私は無名の駈け出しライターである。それもNHKの職員ではなく、何の後ろ楯もないフリーである。代わりは幾らでもいる。いわば底辺の、力の弱い三十代の「オネーチャン」だ。

そういう立場の人間がインタビューするわけである。すると、ものすごく強く出て、見下す態度の人たちがいた。決して多くはなかったとはいえ、「この人って、こんな人だったのか……」と寒々としたことが何回かある。

私はいわば昨日まで一般企業にいたような者で、芸能人や著名人など見たこともない。テレビや雑誌に出ている姿が、その人だと思っていた。おそらく、多くの一般視聴者はそうだろう。

たとえば、私がインタビューの時間を取ってもらった礼を言うなり、

「早くして。迷惑」

と缶ビールをあおったり、何か質問すると、

「答えたくない。勝手に書いて」

と言い放ったり。勝手に書いたら、後でどんな騒ぎになるかわからない。

そうでありながら、インタビュー中にＮＨＫの人が顔を出したりすると豹変。私への答え方も一変し、いかにこの仕事にかけているかなどを力説する。

主演クラスやメインスタッフは決してそんなことはなかった。私の印象では中堅か、もう少し下かというところにいる人たちが、下に強く、上に弱い。若い現場スタッフにも冷たい。ひどいものだった。そして、女性に多かった。男性は、こういう女性の不作法を知るわけもない。みごとに豹変するのだから。

一方で、世間的には意地が悪いと噂される女性が、実はとても細やかで、下のスタッフにもフリーランスにも気配りする現実を何度も見た。噂とはまったく信用できないものだ。

あれから三十年近くがたった今、あの「上に弱く下に強い」という人たちは、バチが当たって消えたか？

全然消えてはいない。中には、魅力的な人格者とされて、人気を博していたりする。

世の中というところ、必ずしも勧善懲悪ではないと、この二つの例は語っている。

どちらを採るか。

どちらが不作法か。

世間は勧善懲悪ばかりではないと覚悟した上で、己が決めるしかない。

♂ 真面目をバカにする

ひところ、よく耳にした。

「お前って真面目でつまんねえ」

「彼、真面目すぎるからもてないのよ」

「真面目なヤツって、視野が狭いっていうか、あきるよな」

その一方で、「ヤンチャ」を誇らし気に口にする男性も多い。

「高校時代、ヤンチャやってました。ハイ」

「昔、ヤンチャやってたことが、やっぱ俺にとってはよかったンスよ」

面白いことに、「ヤンチャ」という言葉は、ある時から意味が変わってきた。かつては、

「子供のわがまま勝手なこと。だだをこねたり、いたずらをしたりすること。また、

その子供」（『広辞苑』／岩波書店）

という意味だった。男の子でいえば「腕白坊主」とか「ガキ大将」とか、子供の行為に用いる言葉だった。

それがいつの頃からか、大人の素行の悪さや、悪いとされる遊びっぷりなどに用いられるようになった。「大人」と言っても、十代、二十代くらいまでだ。不倫する五十代を「ヤンチャ」とは言わない。

この用法の変化は、おそらく子供の腕白やわがままに「手を焼く」というところから来たものだろう。比較的新しい用法だ。

だが、今では「ヤンチャ」は本来の使い方より、このように大人に当てはめる方が一般的になっている。

面白かったのは、平昌《ピョンチャン》オリンピックに出場した若い選手の郷里を、テレビで放送していた時のことだ。選手の昔をよく知っている老婦人が、インタビューに答えていた。

「あの子もすっかり立派になって。昔はヤンチャばっかりやってたのに」

一言一句定かではないが、こう言った。すると男性インタビュアーが、ここぞとばかりに突っ込んだ。

「どんなヤンチャをやってたんですか」

老婦人は確か、

「塀から飛び降りたり、窓ガラス割ったり」

とか、このレベルのことを答えていた。

インタビュアーはよく意味が取れないようだった。彼はたとえば、高校時代は暴走族だったとか、何かで警察のお世話になったとか、そういう答が来るものと考えていたのだと思う。塀から飛び降りて何がヤンチャなのか、インタビュアーは間違いなくとまどっていた。

「ヤンチャ」という言葉を、インタビュアーは現在の用法で、一方の老婦人は本来の用法で、使っていたのである。

今、大人のヤンチャを過去のこととして、もてはやす傾向はある。だが、真面目をバカにするケースはあまり聞かなくなったと思っていた。

ところが、冒頭のような言葉を私は聞いている。やはりまだあったのだ。読売新聞

（二〇一八年二月三日付）の人生相談のコーナーに、それを裏付けるような相談が出ていた。

兵庫県の二十代女性からの相談で、昔から友人や教師たちに真面目だと言われてきたそうだ。期限を守ったり、時間に遅れなかったりということから、真面目と言われてきたらしい。だが、自分を変えたいのだという。

というのは、公務員試験に落ちた時、周囲に、

「真面目だけではダメ。皆、真面目なのだから。それ以上に、自分をアピールできるのは何かを考え、自分自身を変えていかなければいけない」

と言われた。以来、「とても悩んで」いるが、どう変えればいいかわからないという切実な相談だった。

確かに、公務員試験を受けようとする人たちは「皆、真面目なのだから」、その上を行く必要はあるかもしれない。

だが、そうだとしても、世の中にはこういうことをしたり顔に言う人っているのである。賢《さか》しらに言いたがる年代ってあるのだ。

こんなありきたりな抽象的な言葉、肚《はら》の中でバカにして聞き流すことだ。不作法も極まれりである。

回答者の鷲田清一（哲学者）が、明確に書いている。

「『真面目』は『杓子定規』や『堅物』とは違います」

確かに、相手に向かって「真面目」と言う時、「堅物」とゴッチャにして揶揄《やゆ》しているように思う。であればこそ「真面目」は恥で、「ヤンチャ」は幅が広いと思わされてしまうのだ。真面目は性格としてコンプレックスになってしまう。

さらに、そこにしたり顔に賢しらに、ありきたりな薄っぺらなことを言いたがる人間が出てくる。「真面目」な人の胸にはこたえる。

鷲田は、他人の思いを慮《おもんぱか》ったり、空気を読んだりして、それに丁寧に応える大切さをあげている。これは何もかも他人に合わせるということではない。

「他人の思いを想像し、いつも同じ仕方でではなく、そのつどその他人の思いに最適なかたちで対応できるということが、ほんとうの真面目なのではないでしょうか」

相談者は納得できたのではないか。

この「ほんとうの真面目」を自分のものにすれば、「真面目だけではダメ。自分自身を変えていかなければ」も「あいつ、ヤンチャやってねえからダメなんだよ」も、ちゃんちゃらおかしい。「ほんとうの真面目」の前にあっては、彼らの不作法が際立つだけ。真面目をバカにする男性に対して、にこやかにうなずいて、放っておけばいいのである。今にみんなに敬遠され、やっと気づくだろうから。

♂ 時間を守らない

問題外の不作法である。釈明の余地はない。

もっとも、約束の時間を間違えていたとか、十四時を午後四時と間違えていたとか、平身低頭して謝らなければならない場合もある。ただ、この場合でも、相手が怒り、それ以後の関係が非常に悪くなったり、関係を切られたりということも、ままある。

そればかりか、「ヤツは時間を守らないんだよ」と、アチコチで言われることさえある。これは、特に仕事の世界では致命傷だ。

また、どうにもならない突発的な出来事や、事故などで時間を守れない場合もある。前者は何らかの連絡を入れようとするだろうし、後者も鉄道事故などの場合は、駅で「遅延証明書」が配られる。

私の知人のイタリア人が、この遅延証明書にびっくりし、

「さすが、細かい鉄道ダイヤを一秒も遅れずに果たす日本だよ。イタリアでは考えられない」

と感嘆していた。

鉄道に限らず、外国では時間にルーズな組織や人々が少なくないと聞く。だが、日本はそうではない。時間を守ることは、人として当然であり、そうであるだけに、遅延証明書が出るのだ。

もっとも、「恋のかけ引き」や「自分を目立たせる」ために、わざと時間を守らないこともある。これは平安の昔からあった。

天下のプレイボーイ光源氏が『源氏物語』の中で、鮮やかにやってくれているのだ。ある晩、右大臣の豪邸で、藤の花を愛《め》でる会が開かれた。親王や大勢の貴人を招き、まずは競射を楽しみ、夜はそのまま藤を眺めようという華やかな宴である。

集まった高貴な男性たちは、誰もが競射に適した動きやすい装束をつけていた。それはニッカボッカのような指貫《さしぬき》姿で、言うなれば「スポーツカジュアル」である。

光源氏は競射には参加せず、藤見の宴にだけ出ることになっていた。ところが、なかなかやってこない。さんざん待たせて待たせて、ようやく現われた。

その時の光源氏は直衣《のうし》姿だった。これはたっぷりと長い上着とでも言おうか。それも、裏地は赤紫で、表地は白。下の赤紫色が透けて見える素材だった。さらに、長い裾の下襲《したがさね》をつけ、それを後方に引いていた。

カジュアルなニッカボッカ型袴をつけた男たちの中に、優美な姿で遅れて入ってきた光源氏。そのインパクトと美しさは、藤の花を圧倒するものであっただろう。

光源氏は間違いなく、計算ずくで遅刻している。もしも時間を守って到着し、宴が始まる前にみんなと飲んでしゃべったりしていては、いくら優美にコーディネートしても目立たない。

彼は自分を目立たせるために、時間を守らなかった。紫式部がそう明記しているわけではないが、間違いない。

こういうように、現在でも意図的に遅刻することは確かにある。だが、それも一回に限るだろうと私は思う。何度もやると、「あいつ、また目立とうとして遅れるぞ。見え見え」と笑われるのがオチ。それればかりか、相手にされなくなり、誘われなくなる。

私の男友達に、とにかく時間にルーズな人がいた。「いた」と書くのは、みんなうんざりして誘わなくなり、今では誰もつきあっていないからである。

彼は「夕方五時」の約束だと、早くて三十分は遅れる。私は寒風吹きすさぶ渋谷のハチ公前で、四十分待ったことがある。これがたとえば忘年会とかホームパーティとか、室内でやる場合は、まず一時間は必ず遅れる。ごく当たり前に、

「どーもどーも」

と入ってくる。

ある時、ついに怒った人が「なぜいつも遅れるんだ」と聞いたという。彼はまったく悪びれることなく、

「イヤァ、ごめん。申し訳ない」

と答えたそうだ。理由は言わず、その後も遅れ続けたため、多くは「もう縁を切った」と言っている。

私は母校の武蔵野美術大学で「シナリオ制作演習」の講義を持っている。三時間目

と四時間目である。私は三時間目の開始ベルが鳴る少し前に、教室に入る。

そして開始ベルが鳴り終わると同時に、教室の出入口を閉じる。以後は一切、入室させない。

遅刻して入室できなかった学生はそのままサボるか、どこかで時間をつぶし、四時間目だけ出る。遅刻者は男子学生が多い。

「スイマセン。四時間目だけいいっスか」

「うん。いいわよ。でも、あなた、欠席扱いよ。いい？」

「ハイ……」

そして、毎回課題を出す。学生は家でその課題を書き、次の授業の三時間目開始時に提出する。これは当初からの約束ごとであり、四時間目に出した課題は受け取らない。

「読むけど、評点にはならないわよ。提出しなかったこととイコールよ」

と言う。

融通がきかないと思う人もあろうが、そもそも約束というのは融通がきかないものである。〆切りを守らなくても、何とか許されるのは大御所になってからのこと。ヒヨッコで守らないなど言語道断である。

私とて厳しいと思いつつも、時間を守ることの大切さは母校の後輩たちに伝えておきたいのだ。

前年度の受講生から申し送りがあるのだろう。今では、講義や〆切りに遅れる不作法者はすっかり見なくなった。

♂過剰に自慢話をする

ある地方都市に住む人には、もうつくづくうんざりさせられた。

彼は手広く事業をやっており、その土地の「名士」だった。今から二十年ほど前に、五十代だったのではないか。行ったことはないが、たぶん豪邸に住み、取り巻きも大勢いたのだろう。

私は、同じ土地で小さな会社を経営している男友達に紹介された。彼も取り巻きの一人だったのだと思う。

最初は、彼らの住む地方の、料理店での会食だった。初対面の私が席に着くなり、

「これ、名刺がわりに」

と、ドサッと紙の束を渡された。

何だろうと驚いて見ると、その大半が新聞や雑誌のコピーだった。自分や自社に関

する記述の部分には、すべて黄色いマーカーが引かれていた。

さらには、中央の政治家の資金集めパーティや、著名人の祝賀会などの案内状もコピーされていた。彼が発起人に名を連ねているもので、やはり自分の名に黄色いマーカーが引かれていた。

まだある。会社が色々なところに寄付をしているようで、その一覧もあった。

私は料理店で座った後ずっと、本当にずっと、そのコピーに関する自慢話を聞かされたのである。初対面である。彼はコピーを一枚ずつめくり、

「この××新聞はね、出たくないって断ったんだよ。俺なんて他人《ひと》様に自慢できることないしさ。だけど、ついには支局長まで出てきてさ、『何とか成功体験を語って下さい』って大変なんだよ。しょうがないから出たよ」

と、次のページをめくる。

「これは△△さんの葬儀委員長やらされた時の案内ハガキだよ。△△さん、知ってんだろ？　有名な。イヤ、俺はガキの頃から仲よくてさ。奥さんと息子が他の人では絶対ダメだって、参ったよ」

ハイ、次。ハイ、次、ハイ、次である。

料理店には私の友人も含め、男ばかり三、四人いた。誰かが私を救ってくれると思ったのだが、みんなが、

「たいしたもので、真似できませんよ。誰も」

「俺たち、色々と教わってどれほど助けられてるか」

「性格がさっぱりして、親分肌なのに手下を作らないというか、そういう気性が上にも下にも好かれるんですよね」

などとヨイショし、本人はますます自慢話に気合いが入る。

「若い経営者が、俺に教えてほしいってすごいんだよ。俺は何だって教えるけど、ヤツらは理解力も実行力も俺の若い時とは比べものにならないね。それに俺は他人の何十倍の努力したし」

するとと、男どもが口をそろえる。

「その通りです。こんな人、もう二度と出てきませんよ」

「そう。不世出の経営者です」

その夜、私は何を食べたのか、まったく覚えていない。

二度と会うまいと思ったし、今後、その地方に行く用もなく、これっきりだと思えばこそ我慢もできたのである。

ところがある夜、男友達から電話がかかってきた。私に自慢男を紹介した彼である。

「昨日から（自慢男と）東京にいるんだけどさ、あなたと一緒にメシ食いたいって言うんだよ。今夜、どう？」

「イヤ。こりた。何、あの過剰な自慢。あのレベルの男なら、日本中にいるわよ。ごはんなんて二度とイヤ」

が、私は出かけたのである。というのも、その男友達は自慢男のおかげで、自分の会社が成り立っていると言ったからだ。自慢男はその地方で強い力と広い人脈を持っていた。地方で小さな会社を成り立たせるには、そういう苦労もあるのだろう。

考えてみれば、彼は自慢男の東京出張にお供する必要はないのだ。社員でもないし、部下でもないし、まったくの別職種だ。

なのに付き従ってきた。そして、「内館をメシに呼べ」と命じられて、私に電話してきたのだ。要は私は「泣き落とし」に負けたのである。

この夜も最悪だった。むろん、コピーはまたもドサッ。私は機先を制して「家でゆっくり拝読しますね」とバッグに突っ込んだ。その重いの何の。

すると、彼は自分のバッグを示した。

「俺、○○とツーカーなんだよ。このカバン、○○からもらってさ。○○は外国によく行くだろ。なんでか俺のことが思い浮かぶって言うんだよな」
○○は著名人である。
そして、時計を見せる。

「これ、××会社の××専務からでね。俺に会いたいって言ってきて、俺はすぐ答えたよ。『××さんなら会いますよ』って。そしたら、感激して贈ってくれたんだよ。イヤ、俺は社長とか理事長とかしか会わないからね、それ知ってるんで感激したんだってよ」

さらには優秀な子供の自慢、妻の父親の自慢、東京出張時に常宿にしている一流ホテルの自慢、スーツは常にオーダーだという自慢、次から次へと止まらない。

男友達はしきりにうなずいたり、感嘆の声をあげたりしている。今日のヨイショ要員は自分一人なので、気を抜けないのが見て取れる。

自慢話というのは、自分を大きく見せたいから、する。

会社経営の手腕から、著名人とのツーカーぶり、彼らからのプレゼント、家族の自慢に至るまで、「そういうバックボーンを持つ俺」をアピールしているわけである。男に多いのもうなずける。

自慢話を聞いて、「何とすごい人なんだ。すばらしい」と感嘆する人はまず、いまい。自分を大物に見せるはずが、実は小物に見せていることを、本人以外はみんな気づいている。

当たり前だ。著名人と親しいことや、社長や理事長としか会わないことや、時計などの持ち物が高級である等々、自分の口から言う男が大物に見えるものか。新聞記事のコピーをドサッと渡す滑稽に気づいた方がいい。もらった側は、帰りに駅のゴミ箱に捨てるのだ。

友人たちの話を聞いていても、自慢話をする男は少なくないようだが、バーのママをやっている女友達は笑った。

「店の客、自慢が多い多い。でも、こっちはそれを聞いてナンボだからね、幾らでも聞いて驚いてみせるわよ。ボトル入れさせて『フルーツ、いいかしらァ』ってさ」

そう、自慢話は聞きたくないものだから、それを聞かされる以上、見返りがいるのだ。それほど大物ぶりをアピールしたいなら、素人にタダで聞かせるなんぞとみみっちいことをせず、「聞いてナンボ」の人たちを相手にすることだ。それが男の作法というものだろう。

ところで、例の自慢男であるが、私はあれ以来、一度も会っていない。件《くだん》の男友達に「あの人、どうしてる？」と聞いてみた。

すると何年か前、大きな病気をしたのだという。大変な難手術を経て、みごとに回復したそうだ。

「だけど、手術で毒気もみんな切除されたんだろな……もう別人だよ」

「自慢もしない？」

「しないしない。会社も若手に任せたし、ニコニコして奥さんと散歩してるよ。生死に関わる病気をして、自慢してたものがたいして力を持ってないって、わかったんじゃないか」

彼を含め、昔の手下たちは、今もよく元・自慢男の家に顔を出すそうだ。

何だか嬉しかった。これこそ「男の作法」のような気がした。

♂ 間接的に自慢する

ストレートに自慢するのではなく、間接的に自慢する人は嫌われるものだ。こういう人は男女共にいるが、どうも男性が目立つように思う。

だいたい、ストレートであれ間接的であれ、自慢話は嫌われるのだが、間接的な自慢には手柄を譲ってやったというような、口惜しさがチラリとのぞく分、さらにみっともなかったりする。

たとえば、仕事でも何でも、誰かが何かを成功させたとする。みんなが「すごーい！」とか「よくやった」「たいしたもんだ」などと騒いでいると、一人が言う。

「ホントよくやったよ。いや、実は俺が全部お膳立てしたんだよ。あいつ、やり方で迷ってたからさ、細かくアドバイスして。それがこの結果につながったのは、俺としても嬉しいよ。もちろん、ほめるべきはあいつだよ」

こういう時、自分の尽力を訴えたくてたまらないのは、誰にもあることだ。その際、相手をほめながら自分をアピールすることも、誰もがやるテクニック。だが、聞く側はうんざりする。

これがもし、成功したのが女性だと、男の間接的自慢はさらに聞き苦しくなる場合がある。

「よかったよ、彼女。実は最初、自分には絶対にできないからって辞退してね。でもさ、俺としては彼女に自信つけさせたいわけよ。どうしてもやらせたくて、君は形だけの窓口でいいからって。俺が裏で全部交渉しましたよ。だけど、この成功体験は彼女のものだし、きっと力になるよ」

あくまでも私自身の見聞きした範囲ではあるが、間接的に自慢しなくても、多くの場合、その人の尽力が影響していることは周囲にわかるものである。

それは「××さんの助けがすごかったらしいよ」とか「××さん、一緒になって遅くまで残ってたもん」とか、噂も流れる。なのに、相手をたてながら間接的に自慢されると、ガックリくるし、何だかチッポケな男に見えたりもするのだ。

とは言っても、その人の力が大きいことを、周囲は誰も気づかないこともある。それを口惜しく思うのは、当然だ。そういう時はどうするのか。

男性たちに話を聞いてみると、複数の人が言っている。

「今までの俺の状況とか仕事とか見てきた人たちは、たぶん、たぶんですよ。この成功がその人だけの力じゃないなって、わかると思うんですよ。絶対に俺のアドバイスとかお膳立てとか、あっただろうって」

彼らは「それで十分だと思う方が男を下げない」と言った。これにはちょっと感動した。確かに、日頃の仕事ぶりなり能力なりを周囲が認めていれば、察することはある。目先の間接的自慢より、日頃の力がものを言うということだ。

少し前に、若い女性研究者がSTAP細胞を発見したということで、日本のみならず海外でも驚愕と賞讃に沸いたことがあった。

だがほどなく、STAP細胞の存在は証明できないとなり、すべてが無に帰した。この間の「大騒動」は大変なものであった。当初から存在に疑問を持っていた研究者も少なくなかったようだが、あの時、印象に残っている言葉がある。

女性研究者を指導していた男性学者は、世界的にその力を認められている第一人者だった。彼は細胞発見の記者会見の席でも、決してしゃしゃり出ることはなく、間接的な自慢も一切せず、若い女性研究者の業績であることを示していた。

ほどなく、STAP細胞そのものが無に帰した時、

「あの彼が指導し、あの彼が存在を認め、記者会見までした。若い女性研究者の業績であっても、あの彼がバックにいたということは、我々を信用させるに十分だった」

という内容のコメントが非常に多く、印象深く記憶している。

本件は不幸な出来事であったが、彼の「日頃の能力」を誰もが認めていればこそ、間接的自慢とは無縁でも、そのバックアップの大きさをわかっていたということだ。

そして今、私は思っている。何かで成功した人が、

「○○さんのアドバイスやバックアップがものすごく大きかった」

と言うことこそが、作法なのではないかと。

二〇一二年に、iPS細胞の発見でノーベル生理学・医学賞を受賞したのは、京都大学の山中伸弥教授である。その時、山中教授は、自身の教え子で生命科学者の高橋

和利・京都大学講師（当時）の名を挙げ、礼を述べた。それは、

「高橋君の存在なくしては·iPS細胞の誕生は大幅に遅れていたか、アメリカに先を越されていただろう」

というものだった。

そして、オスロでの授賞式に高橋講師を伴ったことが報道されている。

高橋講師は間接的自慢どころか、報道で知る限りではほとんど表には出てこなかった。山中教授が自ら礼を述べ、その力の大きさを讃えたことは、まさしく不作法の対極にある心を感じさせる。

♂ジジバカを垂れ流す

「自慢話」とも共通しているが、「言いたくて言いたくて、こらえられない」のである。自分ひとりの中にしまっておけない。

今回、周囲に聞いてみると、多くが言う。

「親バカよりイヤね。最近、『ジジバカ』が多いのよね。すぐスマホの写真見せたり、年賀状に孫の写真刷ってるのも、男が多くなった。がっかりよね」

もちろん、女性の「バババカ」にも辟易《へきえき》させられるが、男性がそれをやると、なぜか「幻滅」にまで進む。

それに、孫の写真や動画を見せまくる姿は、「男の現役」ではないことを思わせる。あんなにすてきだった人が、年取ったなァと。ここに行きついたのねと。

「親バカよりイヤ」というのは、このあたりにも由来するのかもしれない。

現代は男も積極的に子育てや家事に加担する社会であり、「親バカ」「ジジバカ」は家族愛の当然の帰結でもある。そして、自分たちで作りあげた幸福の帰結でもある。そんな子や孫は、どんなに可愛いことか。

そういう時代だからこそ、プロスポーツ選手も公の場で優勝カップと子供を一緒に抱いたり、子供を肩車して勝利の雄叫びをあげたりするのである。これは今の時代、育児の一翼を担うパパとして、微笑ましい光景である。

その一方で、私はある男性作家の言葉が忘れられない。

「僕があの光景に違和感を持つのは、最も公の場所に、最も私的な者をつれてくるからだね」

他人に親バカ、ジジバカを見せるという行為は、それに近いかもしれない。

「祖父」と呼ばれる年齢になってから、突然やってきた孫があまりに可愛くて、自分ひとりの中にしまっておけない感情は、誰にでも理解できる。

問題は、その私的な宝物への感情を、他人にどこまで言っていいのかということだ。ほどほどの「ジジバカ」については、おそらく多くの人が受けいれ、話を聞き、一緒に喜ぶ。だが、あまりの可愛さ、愛しさに「ほどほど」がわからなくなる。垂れ流す。これが困る。

家族内や親戚の間では、垂れ流してもまったく構わない。だが、可愛さのあまり、その堰《せき》が切れる。洪水はいわば「公」である他人に向かう。

私はある市民講座で、「エッセーを書く」という連続講義をやったことがある。

その時、事務局を通じて「書きたいテーマ」を前もって出してもらった。受講生が高齢ということもあり、二〇〇人ほどのうち半数以上が「孫について」と回答してきた。

そこで、私は、

「孫について書くことはまったく構いませんが、エッセーは不特定多数に読まれるものです。愛情や孫バカぶりを垂れ流さず、抑制も必要です」

として、「垂れ流しエッセー」と「ほどほどのエッセー」の例文を作り、比べながら説明した。

が、後日、提出された孫についてのエッセーは、限りなく「垂れ流し」に近かった。

「明日は孫の運動会だ。駈けっこの練習につきあわされ、大変だ。そしてすぐ『ジージ、本気出してよ』と言う。見ると、よそ様の子より脚も体もしっかりしていて、どうも父親に似たらしい」

この後、延々とジジバカぶりが続く。ババも同じだ。

「孫娘が小学校入学。『バーバ、ランドセルありがとう』と見せる姿に熱いものがこみ上げ、何も見えなくなった。すると『何でバーバ、泣くの。ヤダ』と孫娘まで泣く。目の中に入れても痛くないとは、このことだ」

この後も、際限なくジジバカ、バババカぶりが続く。

面白いことに、垂れ流しエッセーの多くは、

「〇〇ちゃん、いつまでも元気でね」

「××君、いつまでも明るくね」

「〇〇子、いつまでも優しくね」

のバリエーションで終わる。本音なのだからいいのだが、本当にこの語りばかりである。私は正直なところ、垂れ流しエッセーを読み続けるうちに、健康被害が出そう

だった。

するとと講座の終了日、一人の老紳士が私のところに来た。受講生である。

「僕は短歌の結社に入っているんですけど、そこでは先生の作った決まりがあるんです」

その決まりを聞き、思わず笑った。

「孫に関する短歌は一切作らないこと」

そう言った老紳士も笑った。

「前はOKだったそうですが、広がりも深みも見るべきものもなくて、先生がうんざりして禁止にしたんです」

「みんな、うちの孫は世界一可愛いと思っているのはいいことですよね」

「いいことです。でも、孫の数だけ世界一がいる。これもいいことですけど」

私たちはまた笑った。

男たちの中には、気配りを見せて「これはジジバカで言ってるんではありません」とか「孫なんかいない方がいいですよ」と言う人たちもいる。だが、これは全然気配りになっていない。

たとえば、孫が欲しくてもできない人の前でだ。

「お前、孫なんかいなくてよかったよ。うちの孫娘なんて、俺の顔見りゃ『ジジ、お金ちょうだい』だよ。申し訳ないと思ったのか、クリスマスにはハンカチくれてさ。安物で使えないし、ホント、孫なんていらないって」

と、一種の「ほめ殺し」で垂れ流す。この手合いは男女共に多い。

かと思うと、男たちは新手の年賀状を作るようになった。女友達がうんざりしていたが、賀状には、

「日本の平和を子や孫の代までつなげるために、私たちのできることを始めよう」

などと、社会的なことが書かれていたそうだ。ところが、写真は孫がジージのアグラの中で笑っている。友人は言う。

「孫の代まで平和を……というつもりの写真なんだろうけど、そうは受け取れないって。結局、孫の写真をバラまきたかったのよ。男って工夫するんだよね。幼稚園の孫が描いた絵を賀状に印刷して、隅っこに小さく孫の名前と『文部科学大臣賞受賞。最

高ランクの賞で全国で一人』とか印刷してあって。そこまでしても、ジジバカやりたいものなんだねえ」

昔、私がクラス会に行くと、孫の話ばかりの元男子生徒は非常に多かった。今、クラス会に行くと、誰も孫の話はしない。孫が大きくなって、ジジなんぞ相手にしなくなったからだ。

「そういう短い期間のジジバカなんだから、つきあって聞いてやれよ」

という声もありそうだ。

その通りではあるが、やっぱり男の「垂れ流し」には幻滅する。

♂ 自分の意見を言わない

こういう人、いるのである。

私の周囲の女性たちは、よく怒っている。

「プライベートな関係なら、つきあわなきゃすむわよ。だけど、仕事で一緒だとどうにもならない」

「いない方がマシ。目障りなだけ」

「自分の意見言わないのって、昔は女に多かったのに、今は男にも増えたよねえ」

そう、かつては女性に多かった。私は会社勤めをしていた頃、男子社員に言われたことがある。

「あなたは自分の意見をハッキリ言うから、結婚できないんだよ」

今の時代、こんなことを言ったらセクハラかパワハラかで大問題になろう。だが、昭和四十年代後半は言いたい放題。パワハラもコンプライアンスもなかったのである。

あの頃の女性たちの思いは、私とてよくわかる。あくまでも「あの頃」の話だが、女性たちは小首なんぞかしげ、困ったように、

「えー、私、よくわからないんで、みんなの意見に従います」

「私も決定したことを、一生懸命やりますので……」

とか言うのが受けたのである。こういうタイプが「愛《う》いヤツ」として、男たちに好かれた時代は確かにあった。むろん、あの当時の男性すべてがそうだというのでは決してない。そういう「傾向」が強かったということだ。

そんな時代、そんな社会であるだけに、私に限らず自分の意見を述べる女は、愛いとは思われなかった。何とも一面的な見方だが「だから結婚できない」という憂き目につなげるのである。

あれから四十年余りがたち、女性たちも社会や企業の要職に就く時代になった。すると、男たちが意外に自分の意見を言わないことに気づかされたわけだ。

おそらく、四十年余り前にも、そういう男たちはいたのだと思う。だが、あの頃は

女性たちは要職はおろか、会議にも出してもらえなかったのである。

ただ、仕事と関係のない話でも、自分の意見を言わない人はいる。現在でもいる。

かつて、大相撲が大好きだという男性を紹介したいと言われた。多忙で責任ある仕事をしていながら、時間をひねり出しては国技館に通って観戦している人だという。

そして、紹介者とその彼と私とで、本場所を観た。

話しながら、どうしようかと思った。何を言っても、何を聞いても、

「ねえ」

なのである。

「朝青龍、態度はよくないですが、あの速い取り口はモンゴル相撲の影響でしょうか」

「ねえ」

「私は稀勢の里が好きなんですけど、彼は控えにいる時、目が落ちつきなく動くんですよね。気が弱いと言われますけど、どうお思いですか」

「ねえ」

「この力士、大怪我したんですよね。膝でしたっけ、腰でしたっけ」

「ねえ」

ずっとこれである。

趣味の話題であり、持論を展開しようが出世に影響するものではない。イエスかノーを言えばすむことにも、「ねえ」はないだろう。

ここまで極端でなくとも、自分の意見を言わないのは、

「断言したくない」

「周囲に悪く思われたくない」

「自分の意見に強い反論が来たら、面倒だ」

「自分の意見が間違っていることもある」

「自分の意見が他人を傷つけないか」

と、こんな理由からだろうか。

その懸念はわかるが、少なくとも仕事の場では損だ。何を考えているのかもわからず、果たして自分の意見があるかどうかも確かではない人とは、誰だって一緒にやり

たくないだろう。

私が脚本家になって、何より驚いたことのひとつが、「打合わせ」の激しさだった。脚本の第一稿について、プロデューサー、ディレクターはハッキリと意見を言う。いいと思ったところは認めつつも、ダメ出しも激しい。

私も最初はひるみ、納得できない意見でも受けいれた。だが、そうやっているとどんどん相手の領地に引っぱり込まれる。理不尽な言い分だと思いながらも、自分自身の意見に一〇〇パーセントの自信も持てない私は、新人の頃、大半を相手に合わせていた。

すると、著名なベテラン監督が、

「君はイエスマンか?」

と、吐いて捨てるように言った。さらにだ。プロデューサーに、

「脚本家《ホンヤ》代えてよ。彼女とはできない」

と不機嫌に命じた。

あの時はショックだったし、自分の意見を言わないということは、イエスマンに等

しいのだと気づいた。少なくとも、心ある人たちは仕事の場で、そんな相棒は望んでいない。

やっと気づかされた。

男たちが自分の意見を言わない場合、決まり文句が出る。

「うーん、どうなんだろう」

「ま、ケースバイケースですし」

「双方の意見を聞いてからじゃないと」

これらで逃げ、自分の意見を言わない男たちに、人望が集まるとはとても思えない。自分の意見を言い、他人の意見を聞く人を、若い人間は絶対に見極めている。

男たちは「言わないことで守る何か」ばかりではなく、「言わないことで失う何か」をも考える必要がある。

♂ 薀蓄を傾ける

「薀蓄《うんちく》」という漢字からして、うっとうしい。いや、ここも漢字で「鬱陶しい」だ。「薀蓄」には「鬱陶しい」がよく似合う。

辞書で「薀蓄」を引くと、「学問や技芸に関する深い知識、素養」などと出ている。それらが身についている人たちにしてみれば、口にしたくなる気持はよくわかる。

それに、「薀蓄を傾ける」というのは自慢話とは違う。もちろん、深い知識や素養を持つ自分を自慢するところはあるだろう。だが、基本は自慢ではなく、知っていることを伝えたいのだ。そこにはたぶん、「俺ってすごいだろ」よりも「ね、この話、面白いだろ」という善意の方が強いように思う。

たとえば、私が誰かとレストランで食事をしているとする。テーブルにはガラスのランプが飾られ、ほのかな灯がとてもいい雰囲気だ。私が、

「ガラスのランプっていいものですね」

と言ったとする。相手もうなずく。

「いいですよねえ。この店のオーナーはたぶん、ガレが好きなんじゃないですかね。本物は手に入らないけど、ガレ風が多いですから」

「言われてみれば確かに」

「実は僕、ガレにおけるモチーフについて、のめりこんだことがあったんですよ」

ここで私はシマッタと思う。来るぞ来るぞ濫蓄が。

「ほら、あのランプも、こっちのランプも、モチーフは蜻蛉《とんぼ》です。ガレは蜻蛉の作品を多く残していましてね。ランプではなく花瓶ですが、名作中の名作は一八八九年頃の作とされる『蜻蛉文鶴頸扁瓶《つるくびへんへい》』でしょうね。『悲しみの花瓶』と言われてるんです。どうしてかわかりますか」

「いえ……」

「一匹の蜻蛉が落下して、水に沈む寸前をモチーフにしているんです。その技法はグラヴュール、カボションと言いまして」

「あの、スープがさめますので頂きましょうか。ここのオマールエビのスープ、おいしいんですよねえ」

話をそらしても通用しない。そればかりかスープにスプーンを直角に落下させるようにして、薀蓄を傾け続けるのだ。

「こういう瞬間ですから、悲しみの極地ですよね。蜻蛉とか蜉蝣《かげろう》とかはかない命に触発されたのは、ドームも同じなんです。ガレとドームはアールヌーヴォーの二大巨匠と言っていいでしょう」

何人かでの食事ならいいが、二人だとほとんど拷問である。薀蓄を一人で聞かなければならないのだ。私はまた話をそらす。

「サラダは豪華な海鮮やシーザーなんかもいいですけど、やっぱりグリーンサラダに戻りますね。どんなサラダがお好きですか」

「先ほどのドームですけど、『蜻蛉文花器』という、それは美しい作品を作っていましてね。それこそグリーンサラダのように柔らかな緑の中を、大きな蜻蛉が舞っているんです。ガレもドームも、なぜはかない命に目を留めたかと言いますと、あくまでも僕の考えですが……」

と延々と続く。どんな話からも、自分の得意技に持っていくのは名工の域である。私はもはやすべてを諦め、聞くしかない。時折、驚いてみせたりして、くたびれ果てる。

藍蓄を傾けることが不作法なのには、二つの理由があると思う。

ひとつは「楽しい場面」でやることが多いからだ。

たとえばワインの藍蓄にせよ、料理の藍蓄にせよ、楽しく飲んだり食べたりしているところでやりがちだ。

私の男友達がある時、仕事関係者三人で、クライアントの役員を接待したそうである。この役員、野菜ソムリエの資格を持っていた。そして、延々と野菜の藍蓄を聞かされたという。話は病気をして初めて野菜の大切さに気づき、ソムリエの勉強をしたところから始まったそうだ。

「能書き垂れるんだよ。カボスとスダチの違いとか、その生産地とか、ビタミンC含有量とか。聞きたくもないのに、喜々としてしゃべるし、クライアントだもん、止められないよ。結局、俺たち三人、居酒屋で飲み直したよ。能書き垂れる男と別れてからな」

そうか、蘊蓄は「傾ける」だが、能書きは「垂れる」なのだ。

楽しい場面でやるという意味では、スポーツ観戦中もそうだ。こっちは試合に熱くなっているというのに、そのチームの歴史や事件などについて蘊蓄を傾ける。

芝居や音楽会では、その歴史や背景や演奏者などについて、能書きを垂れる。

旅に出れば、その土地の文化から芸能、方言、名物は言うに及ばず、そこを治めた武将とかその手柄にまで蘊蓄は続く。

いずれも楽しい時間であるため、聞かされる方はたまらない。むろん、聞きたければ別だ。

もうひとつ、蘊蓄が不作法なのは、初対面の人や、それに近い人がやることが多いからではないか。

親しい友人知人同士では、あまりやらないように思う。これはなぜなのか、よくわからない。親しい間柄の場合、誰が何について詳しいかわかっているので、こちらから質問することはある。それについて短く答えてくれるが、延々と薀蓄を傾けることはほとんどない。

初対面の人などがやりがちなのは、自己紹介のつもりもあるのかもしれない。それによって、「あいつはガレに詳しい」とか「さすが、野菜ソムリエだけあるよ」ということになり、距離感が縮まることは考えられなくもない。

ある時、私は親しい男女六人で中国に旅行した。その時、その中の二人と親しい若い男性が加わった。私を含め他の三人は彼とは初対面である。

この若い男性、中国旅行の間中、ずっとずっとずっと薀蓄を傾ける。北京でも上海でも、その歴史から建築物のエピソードから、焼き物から庶民の食生活まで、もうずっとである。ガイド以上の実力だ。

彼はとても中国が好きで、深く学び続けているそうだ。初対面の私たち三人に「ね、この話、面白いでしょ」とする善意であり、自己紹介なのだとわかってはいた。だが、聞きたくない。三人はそれとなく、彼から離れるように歩くことが多くなった。

すると、親しい二人に彼は愚痴ったそうだ。

「誰も聞いてくれない」

親しい二人はタイミングをさぐっていたようで、

「もうやめろ。誰だって聞きたくないよ。ちょっとならいいけど、ずっとだもの」

「そうよ。聞かれたら答えるくらいがいいの。私だって鬱陶しいわよ、せっかくの旅行中に」

と注意したと聞いた。

これは二人が彼よりうんと年上で、かつ日頃から「可愛がっている」という関係だったので、口にできたことだと思う。普通は注意できない。

蘊蓄を傾けたくなったら、能書きを垂れたくなったら、「普通は注意できないことだ」と思い、自制するしかない。

かく言う私は、初めて国技館で相撲を見るという人に同行すると、つい言いたくなる。

「土俵上の吊り屋根は六・二五トンの重さで……」

「四色の房には四神が宿っているの。昭和二十七年五月場所までは房でなく、四本柱が立っててね……」

「十両、幕内の土俵入りは、横綱土俵入りを簡略化したもので……」

この薀蓄を聞けば、観戦が何倍も楽しく深くなると思うのだ。だが、質問されない限りは言わない。聞かされる方は、ヤキトリを頬張りながら楽しみたいかもしれないし、どこに神が宿ろうが知ったこっちゃないだろう。

「普通は注意できないこと」なのだと、グッと飲み込むのである。

♂公衆道徳を守らない

昔、つきあっていた人の話である。

彼のことは、私の女友達の十人中八人までが「よくないわよォ、あんなの」と言った。あとの二人は「ま、あなたが好みならいいんじゃないの」か「どこがいいんだか。ま、頭デッカチじゃないから、楽かもね」か、こんなものだった。

彼女たちは、彼のどこを「よくない」としたのか。それは全員一致である。

「無教養」

無礼極まりない言葉。それに、こう言われても困るというものだ。「教養がない」という理由は、他のマイナス理由より救えない。どうしろと言うのか。

大体、「教養」とはどういうことを示すのか。辞書を引くと、

「学問、知識などによって養われた品位」

とする類が出てくる。

さりとて、高学歴なら教養があるとは言い切れないし、読書家なら全員に品位があるわけでもない。親や保護者の育て方とか、教師や友人知人からの影響とか、ありとあらゆるものが因子となるのだろう。

辞書の解釈をもとにするなら、その彼は読書はまったくしない。当時はスマホもネットもない時代だが、おそらく新聞にしても、スポーツ紙の大見出しを追うくらいで、読んではいなかっただろう。

ニュースや話題になっている事件などについても、ほとんど知らない。では、見た目がすごくいいのかというと、全然よくない。まったくオシャレでもなく、着倒したようなスーツやすり減った靴を平気で履いていた。

仕事は真面目で、ちゃんとやるという噂は聞いたが、私の知らない業界であり、噂の域を出なかった。

ならば、私は彼のどこがよくてつきあっていたのか。理詰めで問われると、答に窮するのだが、何だか好きだったのだ。

確かに退屈なところはあったし、「無教養」と言われればそんなところもあった。時々、別の男の人とごはんを食べたりすると、正直なところ、彼のつまらなさに思い至ったりもした。だが、次に会うと「あ、やっぱりこの人がいいわ」とふんわりするのだ。もう「何だか好き」としか言いようがない。

女友達は誰もがサジを投げ、

「幾ら言っても、こりゃダメだ」

と笑ったものだ。

ところがである。私は彼のたったひとつの行動を見て、一気に熱がさめた。一気にだ。その理由を言うと、女友達は誰一人として驚かなかった。

「ありそな話。あの彼ならやるわよ」とか「だから、無教養って言ったでしょ」と笑った。

その日、彼の運転する車で東名高速を走っていたのである。天気がよく、私は助手席でのんびりと風景を楽しんでいた。

彼はヘビースモーカーで、運転中もよくタバコを吸う。今のように「受動喫煙」がうるさく言われる時代でもなく、私も全然気にならなかった。ただ、ハンドル近くについている引き出し式の灰皿が、こぼれんばかりに一杯になっているのは気になっていた。

「灰皿、一杯ね」

「あ、そうね」

私のバッグには、ビニール袋か何かがあったはずだ。吸い殻を入れて、後で捨てればいい。そう思い、私は体をねじって後部座席のバッグに手を伸ばした。

そして、再び正面を向いた時、灰皿はきれーいに空っぽになっていた。吸い殻は一本もなかった。私が正面に向き直るまで、おそらく十秒かそこらである。どうやって山のような吸い殻を片づけたのだ?!

「あ、吸い殻は……?」

私が聞くと、彼は目で窓を示した。瞬時にして、その意味がわかった。

彼は窓を開け、灰皿を逆《さか》さまにし、高速道路に吸い殻をぶちまけたのである。

あの時、「無教養」の意味がしみた。

こんなこと、普通の人はやらない。やることに思いも至らないだろう。だが、彼はやった。そこに何がしかの躊躇《ちゅうちょ》があったとは考えにくい。わずか十秒かそこらなのだ。高速道路で窓を開ければ、すごい音と風が入ってくるものだが、私は後部に体をねじっていたせいなのか、気づかなかった。

これはあまりに仰天行動で、「公衆道徳を守らない」というレベルの話ではない。だが、公衆道徳の話になるたびに、思い出す。

電車内で足を投げ出して座ったり、順番を守らなかったり、自転車スマホ等々も、カノジョに知れたら男子生命オワリということはある。

♂家族を守る覚悟がない

とても納得できる言葉を読んだ。

「秋田魁新報」の「きょうの言葉」という連載コラムに出ていた（二〇一八年三月九日付）。

「子育ては大切な職業である。しかし、親には適性テストが課されたことはない。
バーナード・ショー」

さらに、三月十四日付の同紙の同欄には、

「あかちゃんは、おっぱいを、えらべない
岡本徹」

とも出ていた。これは岡本による食品会社の広告コピーだという。

このところ、間断なく乳幼児の虐待や、それによる殺人事件が報じられている。

また、芸能人や政治家など、著名人の、男女を問わぬ不倫問題の報道も続く。

そんな中で知ったこの言葉には、虚をつかれた。共にまったく考えてもみない一言だった。

著名な人たちの不倫に関しては、「国民一丸」となって叩く場合もある。特に表の顔が善良だったり、日頃は夫婦円満をアピールしていたりすると、「裏ではこれほどの不倫を」と世間は衝撃を受ける。「信じられないヤツ」となる。

男であれ女であれ、「不倫した人」という烙印《らくいん》は、後々までついて回る。一度の不倫報道で、仕事の場から事実上の抹殺もあるし、女性タレントとの「路チュー」が報じられて何年もたつのに、その男性著名人の顔を見ると反射的に「〇〇と路チューの彼」と枕詞をつけている。

確かに、中には「幾ら何でも叩きすぎ」と思うケースはある。本人や家族しか知らない事情もあるかもしれない。

とはいえ、たとえば「父親の不倫」。いかなる事情があれ、男として自然の感情であれ、また一生一人の女だけ見て生きるのは理不尽であれ、子供にしてみればあまりに悲しい話だ。

子供の年齢にかかわらず、父親の不倫はその年齢に関係なく、心を大きく傷つけることは間違いない。それはおそらく、「ママの他に女ができた」という衝撃と「ママと自分より女の方がよかったんだ」という衝撃ではないか。それはやがて「不潔な父親」「家族を捨てた父親」となっていくように思う。

私の男友達に、父親が不倫して家に帰ってこなくなった人がいる。母親は息子と娘を一人で育てあげ、六十代で亡くなった。父親の消息はまったくわからぬまま、息子も娘も死んだ母親の年齢を超えた。

するとある日、息子が経営する会社に突然、父親が現われた。そして、お金を無心したという。一緒に住んでいる女もついて来た。

「年老いて暮しもきつそうだったけど、追い返した。『僕に父親はいません。どなた様ですか』って。妹に言ったら『それが正解。仏壇のママにも報告する必要ないよ。元々いない人なんだからさ』って」

彼はその後、何回か老いた父の姿を見た。だが、何らの憐憫《れんびん》の情も後悔の情も一切わかなかったという。

過去の父親の不倫と母親の苦労は、それほど深い傷になっていたのだと思う。

子供の側からすれば、父親は「家族を守る覚悟がないのに、家族を作って無責任な男」としか思えなくて当然である。

警察庁は二〇一八年三月八日、全国の児童虐待が過去最多の六万五四三一人（前年比二〇・七％増）に上ったと発表した。これは昨年一年間に児童相談所に通告した十八歳未満の子供の数である。

六万人を超えたのは初めてで、驚いたのは二〇〇四年には九六二人だったことだ。それがわずか十三年で、六万五〇〇〇人である。

児相通告の内訳は、
1. 心理的虐待（刃物を示して脅す、部屋に閉じこめる、子供の面前で配偶者らに暴力をふるう等）　四万六四三九人
2. 身体的虐待（暴行等）　一万二三四三人
3. 育児放棄（食事を与えない等）　六三九八人
4. 性的虐待　二五一人

うち、摘発された一一三八件の被害者は一一六八人。無理心中も含め五八人が死亡している。これらはすべて、一年間の数字である。どれほど多くの子供が、体にあざを作り、空腹をかかえ、おびえながら生きているか。胸がふさがる。

実際、この三月二日に東京・目黒区であざだらけの上、やせてアバラの浮き出た五歳女児が虐待死した。体重は二歳女児並みの十二キロしかなく、おむつをしていたという。香川県に住んでいた二〇一六年当時から虐待はあったそうだが、幼稚園に通っていた。そこの関係者は、

「常におなかをすかせ、給食をあっという間に平らげていた。その様子はいじらしいほどだった」

と語っている。（二〇一八年三月八日付　読売新聞）

私が非常に驚いたのは、摘発された虐待の加害者である。（二〇一八年三月八日付読売新聞）

1．実父　四八八人

2．実母　三〇四人

3．養父・継父　一九七人
4．内縁の父　一一九人
これには声を失った。私は勝手に3、4のどちらかが最多だろうと、思い込んでいたのである。

同日付の同紙「よみうり寸評」には、二つのエピソードが載っている。いずれも『停車場にて』（平川祐弘訳）からの引用だ。

大泥棒の石川五右衛門がある家に忍び込んだ。すると、赤ん坊が無心に手を伸ばしてきた。五右衛門はその赤ん坊にひかれ、あやしているうちに目的を遂げ損ねたという。この話を、明治時代に日本で作家活動を続けた小泉八雲（ラフカディオ・ハーン）は、

〈結構信ずるに足る〉

と書いているそうだ。

もうひとつのエピソードは、就寝中の一家を斬殺した凶悪犯が、そこにいた男児には怪我をさせまいと気を遣ったという。

小泉八雲は、これについても綴《つづ》っているそうだ。

〈人の子の父親としての気持は、日本人誰しもの魂の一隅にしっかりと深く根ざしている〉

なのになぜ、元気に生まれてきた子を「いじめ殺す」のか。

なぜ加害者のトップが実父で、続いて実母なのか。

されるがままの非力な子供を虐待することに、何らかの快感があるのか。

少なくとも言えることは、やはり、家族を守る覚悟がないのに、家族を作った結果だ。年齢ではない。

何だか「孫自慢」の方が、すばらしいことに思えてきた……。

♂食べ方のマナーが悪い

今回、本著を書くにあたり、色んな年代の色んな立場の女性たちに、「男の不作法」に何があるかと聞いてみた。

すると、各年代を通じて「食べ方が汚ない男は最悪」とする声が多かった。特に十代から三十代前半は唾棄《だき》する。

「絶対無理。どんなイケメンでも無理」（十代）

「注意しにくいし、我慢してまでつきあう気ない」（三十代）

「お箸の持ち方は基本。それができてない人は、問題外です」（七十代）

「こっちがおごったのに、残すの。それも残し方が汚なくてさァ。ダメだ、この人と思ったよね」（四十代）

他にもたくさん出たのだが、私は「食べ方が汚ない」という男性はすごく減った気がしている。

確かに昭和の頃は、口の中に食べ物を入れたまましゃべる人はいた。また、グチャグチャとした噛み方で、口の中のものが丸見えだとか、音を立てて噛むとか飲み込むとか、特に昔の年配者にはよくいた。

だが、昨今、そういう男たちに会うことはゼロに近いのではないか。箸の持ち方にしても、今は練習用箸が売られている。正しい持ち方になるよう、箸に指を入れるリング等がついており、母親たちに人気だという。

今の若い人たちはそれで練習させられたりもするのだろう。箸を鉛筆のように持ったり、どこかの指が不気味だったりという男たちにもほとんど会わなくなった。

実際、彼女たちが言う多くは、「食べ方が汚ない」というより、「食べ方のマナーが悪い」ということのようだ。

むろん、口の中が見えたり、音を立てたりというのも「マナー」に違反している。だが、話を聞いていると、彼女たちが言うのは、たとえばバイキングでの料理の取り方などだ。

皿一杯に、和洋中とテンコ盛りにする。

「一応、和は和、中は中で盛ってほしいよねえ。エビグラタンの横に麻婆豆腐だよ。混じりあっても平気って、鈍すぎ」

もっとも何度も立って取りに行くより、これでいいという気持はわからないではない。

「あと、何皿も何皿も取ってきて、それで残す男。ああいうヤツとは二度と一緒しない」

それはその通りで、バイキングは食べられる量だけ取り、残さないのがマナーだ。

「どれだけ食べても値段は一緒だから、好きなだけ取って残すんだと思う。それやる男って小さく見えるよ」

四十代の女性はそう言った。

バイキングの話は結構面白い。

「『このクルミのパン、母が好きなんだ』とか言って、テーブルの紙ナプキンに包んでサッとかばんに入れたんだよ。小さいバターまで。男がよ」

このせこいマナー違反に加え、「こんなマザコン、冗談じゃない」と、彼女も二度と会っていないそうだ。

別のエピソードもある。三十代の男が、カノジョとその友達にホテルのバイキングをごちそうしてくれた。私に話してくれたのは、友達の方である。

「ホテルって高いから気持はわかるんだけど、二人分オーダーして、カノジョはお茶だけなんだよね。で、料理をいっぱい取って、三人で食べるわけ」

弁明の余地もないマナー違反。むしろ、ルール違反だろう。

「ウェイターとかが歩いてくるたんびに、バレるんじゃないかってヒヤヒヤして、もう早く帰りたかった」

彼はカノジョと結婚するために、お金を貯めている最中だそうで、その友達は、

「なら、ホテルのバイキングじゃなくて、安い居酒屋の方がよかったよ、私」

と言った。

ずっとずっと昔のことなので、もう書いてもいいだろう。私は危険を伴うマナー違反を目のあたりにしたことがある。

相手は大変なグルメで、おいしいものをたくさん食べている男性だった。

その彼と友達、そして私と女友達の四人があるフレンチの店に集まった。会話も楽しく、料理はおいしく、盛りあがっていた。が、私は気になってならなかった。

彼がナイフを舐めるのである。

サラダでも前菜でも魚料理でも、ナイフとフォークを使って食べるのはいいが、どうしてもナイフにソースがつく。それを舐める。つまり、ナイフを舐める。

これほどのグルメが……と驚いたが、見て見ぬふりをした。

問題は肉料理だった。ナイフは先がとがって、切り分けやすいように鋭い。まさか、これは舐めないだろうと思ったが、舐めた。たぶん、癖になっているのだ。

何回か、鋭いナイフをごく自然に口に持っていった時、彼の友達が言った。

「お前、危ないよ。口ン中切ったらどうするんだよ。ま、つい舐めたくなるほどうまいけどな、このソース」

私と女友達も、

「ホントホント。もったいないからパンのおかわり頼んで、ぬぐっちゃお」

とか言ったと思う。

ナイフを舐めた彼の反応は覚えていない。だが、二次会でカラオケにまで行ったので、楽しく終わったはずだ。

数々のマナー違反、ルール違反は、やはり注意しにくいものだ。そして、自分では気づかなくても、私も必ず何かやっている。

注意されて覚えるしかない。

ナイフを舐めた彼は、仕事で外国に住み、永住するつもりらしいと聞く。ナイフとフォークの国に行く前に、注意してもらってよかったと思う。

♂過剰にプライドが高い

　私が小説『終わった人』（講談社文庫）を書くための準備をしている時のことである。『終わった人』は、定年になったエリート銀行マンの日々を描いている。仕事が何より好きだった男が「毎日が大型連休」の日々に入ると、どうなるかという物語だ。準備しながら、男には二種類あると気づいた。

　一種類目は、何より仕事が好きで、自分に強いプライドを持つ男たち。その妻たちは異口同音にぼやいた。

「うちの主人、何の趣味もないんです。定年になったら行くとこなくて、ベターッと家にいるんですよ。私や娘は『パパ、何か趣味を見つければ』と勧めるんですけどね。今、一から教えてくれるところがいっぱいあるし、そこで新しい友人もできるからって」

実際、各市区町村が主催する生涯教育のカリキュラムは、どこもすごく充実している。陶芸から太極拳まで色々あり、歴史や文学講座もある。かつ受講料が安い。

妻も娘も力一杯に勧める。ところがだ。

「絶対にイヤだ、行かないって言うんです。『そんなとこ、暇なジイサンバアサンばっかりだよ』って。自分だって暇なジイサンなのに、よく言いますよ」

そこで妻は考えた。受講料は少々高いが、カルチャースクールや大学主催の講座などはどうかと。

「これもダメ。絶対に行かないって。『カルチャーはわかった風なオバサンの集まりだろ。若いイケメンの先生にキャーピー言ったりさ。そんな中に入りたくない』と、こうですから」

そして、毎日毎日家にいるうちに、夫は一気に老けてきたのだと妻は言う。妻自身も、夫に家にいられると外出しにくいと嘆く。

私はふと聞いた。

「大学主催の講座は何でダメなんですか」

プライドを満たしそうだと思ったのだ。妻は返事をためらい、あいまいに笑った。やがて、言いにくそうに言った。

「主人はいい大学を出てるんです。母校が講座を主催すれば行くと思いますが……」

私はのけぞりそうだった。妻は夫の考え方を恥ずかしいと思っているのだろう。ハッキリとは言わなかったが、夫の本音は要するに、

「そのレベルの大学になんか、足を踏み入れるのもヤだね。他人に見られたら恥ずかしいよ」

と、いうことだろう。自分自身がすっかり「終わった人」になり、社会から「もうお引き取り下さい」と言われる年齢になったというのに、何が「このレベルの大学」だ。

また、別の妻もぼやいた。

「夫は有名大企業で、役員まではありませんけど、いいポストについていたんです。金融についてはプロでした」

当然、自負がある。この夫はテレビや新聞、雑誌を目にしては、

「ののしるんですよ。大学教授とかアナリストとか専門家とかの解説や談話を……。今はそういう方々、皆さんお若いし。夫は私にその人たちがいかにバカか、不愉快そうに聞かすんですよ」

と、妻はゲンナリした表情だった。

目に見えるようだ。金融には何の知識も興味もない妻をつかまえ、おそらく、

「こんな若いヤツらには、わかるわけないんだよ。な、今の世界経済を考えてみろよ。このバカ、こんなこと言ってどうする気だよ。俺はリーマンショックの時……」

と続くのだ。自慢の金融知識、見識は、今や妻相手にしか披瀝《ひれき》できない。しかし、これをテレビや新聞を目にするたびにやられては、三下り半を突きつけたくもなる。

この妻も「趣味を持て」と市民講座やカルチャースクールに行くことをさんざん勧めてきたそうだ。夫は少しピアノを弾くので、「オヤジバンド」を組むことも勧めたという。が、夫は動かない。日がな一日、ののしっているだけだ。

そこで、妻は別の提案をした。

「大学によっては、自分のやりたい学問だけ選んで受講することができるんだって。

調べたら、経済や金融の授業が色々あるし、あなた、これならいいんじゃない？」

これは「科目等履修生」という制度である。私も二〇一三年に、國學院大學の制度を利用し、「神道史」の講義を一年間受講した。単位取得の一般学生と一緒に受けるため、第一線の教授による授業である。内容は濃く、それはそれは面白かった。

ところが、その夫はこれにも「行かない」と即答。その理由はひと言である。

「俺が教授に教えてやるよ」

取材中、こういう類いの話を、多くの妻からどれほど聞かされたことか。

すべて、夫の「過剰なプライド」から出ていることだ。

社会の第一線から退き、「終わった人」になると、どうもエリートたちほどあがくように思える。確かに、かつては先頭に立って、いい仕事をしてきたのだと思う。

だが、今はもう世代交代したのである。その人の過去の栄光など知らず、関心もない世代が牽引する社会になっているのである。

中には「年を取ったからこそ見えるもの、豊かな考え方」があると言う。それはその通りだと思う。であれば、「年を取ったからこそ」の生かし方を考えるのが筋だろう。社会は「若い時と同様の場で、同様なことを」とは要求していない。「豊かな考え方」ができるなら、それに気づくだろう。

　これを「年齢差別」と思うなら、大間違いである。いつの世にもある世代交代に過ぎない。自分たちにしても、古い世代に代わって、第一線に立ったではないか。

　過剰なプライドを示すことは、若い人たちには「あがき」に見えて、「痛い」だけだろう。プライドを持つ人が、そうなってどうする。

　過去はどんどん流し去り、今までとは無縁のものにどんどん手を出す。それが「二種類目の男」である。そして、おそらくそれこそが、「年寄りの作法」であると思うのだ。

♂ マザコンを隠さない

世に言われる言葉に、

「男は全員マザコンだ」

がある。

おそらく、女性はこの言葉にうなずき、「まったく、しょうがないわよね」とやり過ごす場合が多いだろう。

やり過ごせるのは、相手の男がマザコンぶりを過剰に出さないからだ。世に言われる通りに十分マザコンであっても、許容範囲内で示していれば、女性は大らかに構えていられるものだ。

男性の中には、

「女がマザコンを嫌うのは、要は母親に嫉妬しているからだろ。自分の恋人やら夫が、自分より母親が大切なのかと思って、そりゃ妬《や》くよな」

と言う人たちがいる。私も実際に複数から耳にしている。

これは違う。むろん、そういう女もいるだろうが、母親と自分を同じレベルで比べて妬くほど、女はバカではない。

女がマザコンを嫌う理由のひとつは、男がちっぽけに見えるからだ。「もう少し他に関心を持つべきことがあるでしょうよ」「またお袋の話……。この人、これをどこでもやってるの？」となる。

もうひとつの理由は、身内女性への愛情垂れ流しにうんざりする。これは母親に限らず、姉でも妹でも姪でもである。

私の知りあいに、九十五歳の女性がいる。夫はとうに亡くなり、悠々とお手伝いさんと暮らしている。彼女の夫は典型的なこのパターンだった。私は女性から直接聞いている。

お見合い結婚した翌日に、夫は言ったそうだ。結婚式の翌日である。

「あなた、琴弾ける？」

新妻は、

「弾けませんが……」

と答えた。すると夫は嬉しそうに、

「僕の家では母も姉も妹も、みんな琴を習って、みんな弾けるんだよ。上手なんだ、これが。そう、あなたは弾けないのか」

彼女が二十歳で結婚したとすれば、すでに七十五年がたつ。夫が亡くなってからも、三十年近いはずだ。

それでも、九十五歳になった今もなお、その言葉は彼女の心に刻まれている。

そして、この夫は死ぬまで、母と姉妹への思いを隠さなかったそうだ。言い続けたという。信じ難い話だが、妹の息子の難関私学受験にも、合否発表にもつき添った。会社を休んでだ。合格した時は人目もはばからず号泣。

「入学式には亡くなった母親の写真を抱いて、妹夫婦と一緒に参列したわよ」

と彼女は笑う。

「自分の子たちは、とりたてて出来もよくなかったから、さほど熱心じゃなかったわね。あの人にとって、一番大切なものは実家の母と姉妹だったのよ。それを隠さない人で、出世しなかった理由もわかるの。会社でも垂れ流してたんだと思う」

もう一人、私がびっくりしたマザコンのケースがある。

ある時、ある仕事を引き受けた。間に立った代理店の男性は、当時三十代後半で独身。母一人子一人で育っていた。とても丁寧な仕事ぶりの人だった。すると、

「内館さん、××氏に取材してほしいんです。ご本人の了解が取れしだい、日時を決めますが、ぜひお願いします」

と言う。××さんは多忙な方だが、日程をあけて下さり、都心のホテルでお会いすることになった。

当日の午後、私はその代理店の人と約束の場所に向かった。××さんは秘書と二人でいらしていた。

××さんの話はとても面白く、代理店の彼もとても嬉しそうだったのだが、途中で携帯電話に着信があり、彼は廊下へと出ていった。ほどなく戻ってきたのだが、人が変わったようにソワソワし、私たちの話もうわの空。あげく、携帯電話を手に、何度

も廊下に出ていく。

すでに取材時間はオーバーしていたが、××さんは多岐にわたって話し続けており、いずれも非常に役立つ情報だった。だが、代理店の彼に、なぜか早く打ち切りたいとする様子が出始めていた。

結局、三十分ほどオーバーしたところで、彼が強引に、

「××さんもお忙しいでしょうから、このあたりで」

と打ち切った。

そして××さんと秘書、彼と私は並んで四人でホテルの外に出た。すると、彼はもう我慢できないというように、

「すみません、僕、先にタクシーに乗らせて下さい。母が風邪で熱があると連絡が入りまして」

と言うが早いか、転ばぬばかりの勢いで車寄せのタクシーに乗り込んだ。茫然と見送る私たちに目もくれず、運転手に目的地を叫んでいる。

走り去ったタクシーに呆気に取られながら、××さんも秘書も私も苦笑した。××

さんが、

「風邪は万病のもとと言いますからね、心配なんでしょう」

と穏やかに言った。本来、代理店側は私と二人で××さんと秘書を見送り、次に私を見送り、最後に帰るものだ。××さんは送迎のハイヤーで来ていたが、終了時刻を見はからって、そのドライバーに連絡するよう秘書に伝えるのも、普通は代理店の仕事だ。それが何もかもスッポリと抜け、母親の熱でいっぱいいっぱいだったのだ。

××さんを一人で見送ろうとする私に、

「ご自宅までお送りしますよ」

と、自分のハイヤーを示した。

そして車中、笑いながら、

「母一人子一人がみんなこうではないですからね。僕も母一人子二人ですけど、違いますよ」

と言ったことを、今でも覚えている。

この二例は極端と思われようが、誰しも本音のところでは、母親に対する想いはこれほど強いのだと思う。特に息子たちは、だ。ただ、理性で抑え込む。仕事人として家庭人として、ブレーキを利かす。

女たちは「男は全員マザコン」なる言葉にどこかで同意しているし、絶対に表に出すなと言うのではない。要は、愛する母親に対する言動は、「時」「場所」「相手」「立場」を考えて、過剰になるなということではないか。

かつて、私の女友達が過剰なマザコン男と婚約した。彼は結婚相手としてはいい条件を備えていたが、私たち友人は、

「あんなマザコンとよく結婚するよね」

と口をそろえたものだ。すると、そのたびに彼女は可愛らしく答える。

「私も彼のお母さんのこと、すっごく大切なの。だって彼を産んでくれた人だもの」

私たちは「恋とはこういうものか」と、いささかシラけ、二度と言わなくなった。

ところが、彼女はやがて婚約を破棄した。彼が母親第一で、

「何かもう気持悪くなっちゃって」

とまで言った。それに対し、友達の一人が、

「彼を産んでくれた人でしょ。あのきれいごとはどうなったわけ？」

　と突っ込むと、ケラケラと笑い、

「血迷った。結婚前に別れて大正解」

　と言い切った。

　母親が大切で、大好きで、愛することは当然である。だが、親子は最もプライベートな関係である。兄姉弟妹、夫婦にしてもだ。それを時も場所も立場も、何も考えずに言動に表わすのは、何ともダサいことだろう。

「あいつはマザコン」と噂されて、プラスになることは何もあるまい。愛は母親本人にだけ伝わればいいことだ。

♂妻や恋人以外の女性をほめる

これはたぶん、男性たちが考えているより遥かに、妻や恋人を不快にする。

男性たちはそうとは思わず、であればこそ軽く口にするのだ。

「お前の友達の○○子さん、きれいだよなァ。スタイルもいいし」

「この前、紹介された××子さん、もてるだろ？ 何か可愛気があるから、ああいうのに男は弱いんだよ」

私の女友達は社宅に住んでいた時、夫の言葉が不快でたまらなかったそうだ。

「毎日のように言うのよ。社宅の奥さんたちのこと。『○○さんの奥さん、若いよなァ』『××さんの奥さんと駅で会って、一緒に帰ってきたけど、人当たりがいいんだよね。よく笑うし、こっちをいい気分にさせる人っていうかさ』」

男たちには何の悪気もなく、もちろん下心もなく、思ったままを世間話レベルで言っているのである。当然ながら、不快にさせるほどの言い方ではない。なのに、女たちは不快になる。

「そんなこと」と全然気にしない女たちもいる一方、女優やタレントへのほめ言葉であっても、不快になる女たちはいる。

「吉永小百合って、何であんなにきれいなんだろ。全然トシ取らないもんな。きれいだよなァ。一回でいいから会いたいよ」

「二階堂ふみってさ、若いのに色気あるよね。色気のある目力なんだよ。ああいう女はめったにいないよ。好きだなァ」

男たちも、遠くにいる女優ということで、ストレートに言う。まさか、妻が女優に不快感を覚えるなんぞ、カケラも考えていないのだ。それは当然である。

また、街ですれ違った女を目で追い、

「すっげえ脚の長さ。見てみな、今時の若い子はホント脚がきれいだワ」

などと言ったりもする。これでさえ、不快になる場合もあるのだ。

ここでカン違いしてほしくないのは、これは「焼きもち」ではないことだ。

おそらく、単純な夫や恋人の場合、「俺が他の女をほめたから、妬いてる」と思うだろう。さらには「俺って愛されてるよなァ」とか「面白いからもっと妬かせてやれ」となる場合もあるかもしれない。

大いなるカン違いである。

「焼きもち」がゼロとは言えない場合もあろうが、不快になる最大の理由は、自分にはないものを指摘された気になるからだ。

「○○子さん、スタイルいいよなァ」は、言外に「お前は悪いものな」と言っていると感じてしまう。「××子さん、何か可愛気がある」も「こっちをいい気分にさせる人」にしてもだ。「私は可愛気もないし、いい気分にさせるタイプでもないもんね」となる。

女優と比べてどうするとあきれるだろうが、「きれい」「若い」「トシ取らない」「色気がある」は、我が身にないものを思い知らされたようで、勝手に不快になるのである。

それは「焼きもち」ではなく、むしろ「劣等感」に近いものかもしれない。

女たちの少なからずは、不快感の底で「よし、私も頑張ろう」と思う。色気や脚の長さや若さなど、どうにもならないものは別として、努力できることはやってみようと思うものだ。女は健気《けなげ》である。

この健気さもカン違いしてほしくない。これは夫や恋人の目を自分に向けるためというより、なりたい自分になりたいからだ。その結果として、夫や恋人が見直してくれれば、さらにいいという程度ではないか。夫や恋人に見直されることが、第一義ではないように思う。

また、男たちの中には、たとえば、

「○○子さん、スタイルいいよなァ」

「××子さん、可愛気あるよなァ」

などと言った後で、

「でも、君もスタイルいいよ」

「あ、お前も可愛いよ」

などと、つけ加える人がいる。それは逆効果である。慌てて、ついでに取ってつけたように言ったと思われ、さらなる不快感を煽《あお》る。

妻や恋人の前で、他の女をほめる。これは男が考えているより遥かに、不作法なことである。

腹の中で思っていても、口には出さない方が安全だ。まして、妻や恋人の女友達や知人女性をほめるのは、ご法度と心得るべきである。

もっとも、ある男性は「どうしてもほめなきゃいけない場合はどう対処するのか」と聞いてきた。そんな場合があるとは思えないが、腹の中ではほめていればよろしい。どうしても本人に言わねばならないとする場合は、妻や恋人のいないところで言えばいいだけのことである。

♂「○○に似てる」と言う

これは初対面で言うことが多い。

「あなた、米倉涼子さんに似てますね」

「黒木瞳さんに似てるって、言われませんか」

「浅田真央さんに似てますよねぇ」

こういうのはいいのである。誰の目から見ても、シャープでカッコよかったり、美しかったり、魅力的だったり、そういう人に「似てる」は口に出しても不作法にはならない。

それでも中には「私は私。○○に似てると言われるのはイヤ」とする人もいる。そう考えると、「○○に似ている」は言わない方が無難だ。だが、きれいだったり魅力的だったりする人に「似ている」と言うと、喜ばれる場合も確かにある。

「似ている」と言われて嬉しい対象と、嬉しくない対象を、女たちの多くはわかっている。だから、本人を前にして、嬉しくない対象の名前は決して出さないことである。たとえ瓜二つであってもだ。

ところが、男はどうもそこをわきまえない人が多い。「似てる！」と思えば、相手の気持を考えるより先に口に出している。女たちにはこういう不作法はまず、ない。

ずっと昔のことだが、私はある小さなパーティに出ていた。立食形式で、私は知りあいの女性としゃべりながらワインか何かを飲んでいたと思う。その女性はパーティの主催者側の人で、重要なポジションにあった。

すると、若い男性二人が挨拶に来た。そして、その女性に丁重に感謝の言葉など述べ、女性も嬉しそうに応じていた。その時、二人のうちの一人が言ったのである。

「××さんによく似てますね」

私は横にいて「まずい！」と思った。××さんは有名人だが、おそらく、一般的には似ていると言われたくないタイプの女性だろう。

彼女の表情が瞬時にして固まった。笑みなどはすっかり消え、不愉快だということを隠せないほどの表情だった。会話もしなくなった。

ところが、男二人はなぜそうなったのかがまったくわかっていないのだ。ただ、彼女のただならぬ雰囲気から、何かやったようだとは思ったらしい。私も咄嗟《とっさ》には話題を変えることができず、ワインなど口にしては突っ立っていた。

男たちはやがて「どうも……」とでも言うように、曖昧な笑みを浮かべて立ち去った。「フェードアウト」というような消え方だった。

間違いなく、彼女が態度を急変させたわけに気づいていない。「俺ら、何も悪いことしてないよな。何なんだ、あの女」と話したとしても不思議はない。

もしかしたら、彼らは有名人に似ていることは、すべてほめ言葉だと思っていたのかもしれない。あるいは、自分たちにとっては、その有名人に何らのマイナス点も感じなかったのかもしれない。であればこそ、ケロリと言い、急に不機嫌になる理由がわからなかった。そういうことはありうる。

この時のことは私も考えさせられ、当時の雑誌か何かに書いたはずだ。

きれいか否かとか、魅力的か否か等々は、人によって感じ方が違う。それに、魅力というものは、顔や姿の美醜とは関係ないし、昨今は、いわゆる「美人」ではない人を「個性的」などとも言う。

だが、「○○に似てますね」と言いたくなったら、既《すんで》のところで止める方がいい。そして、その対象が女性にとって「似ている」と言われて嬉しいかどうかを考えるのだ。


差別と言われようが、人間の価値は美醜ではないと言われようが、一般的に考えて「美しい」とか「可愛い」という範疇《はんちゅう》に入らない対象は、口にしないことである。

その範疇がわからないと言う鈍い男たちは、動物を思い出してみるといい。

カバ、ゾウ、イノシシ、ブタ、サイ、ワニ、ゴリラ、トド、ヘビ、ネズミ……。彼らは愛らしいところもあるし、好きな人も多いだろう。だが、女性が「似ている」と言われて「ワァ♡」と大喜びはしないだろう。むしろ、不快になり、相手を無礼と思い、やがて自分が悲しくなる。

男たちは「似ていますね」と言う前に、カバやトドに似ていると言うに等しいのではないかと、考えればいいのである。

一方、ウサギやバンビ、リス、カモシカ、ペルシャ猫など、言われて嬉しい動物もある。「ネズミ」と言われると狡《ずる》そうで、チョコマカして薄汚なく貧相な印象であり、まず喜ばれない。だが「ハツカネズミ」とか「ハムスター」だと悪い印象は受けない。ディズニーの「ミニーちゃん」などは大喜びされるだろう。

面倒くさいことなのだ。「○○に似ている」などと言わないことが一番である。

♂ カッチリと割り勘にする

「女性はおごられるもの」「部下はおごられるもの」という風潮は、今は薄らいでいるだろう。

それでも「女性と部下には一円たりとも出させない」という男性はいる。一方、女性相手でも部下相手でも、一円まで割り勘にするという男性もいる。

どちらも本人の考え方であり、また生活環境が影響していることもあろうから、正しいとか正しくないとかで断じられない。

ある時、私の女友達が仕事先で一人の男性に出会った。彼女は一目で恋に落ちた。相手の人は私も知っているが、見た目も学歴も会社も「言うことなし」であった。問題はただひとつ。家庭があり、子供も二人か三人かいたはずだ。

だが、彼女の片恋はキュンキュンと激しさを増し、私はしょっちゅう聞かされていた。

「一緒に仕事してみて、そのすごさがもっとわかったのよ。私との仕事は三か月もすれば終わるから、その前に何とかしたい」

何を「何とかしたい」のかは、聞かずとも予測がつく。期限付きのため、彼女は必死だったが、私はさほど興味がなく、適当に聞き流していた。

するとある夜、弾んだ声で電話が来た。

「来週の夜、二人で食事することになったのよッ。頑張る!!」

何を「頑張る!!」のかは、聞かずとも予測がつく。それにしても、よく食事までこぎつけたものだと私はちょっと驚いていた。

そして、デートの夜が来た。彼女は一番よく似合う服を着て、化粧もぬかりなかった。なぜ、私がそれを知っているかというと、まだ夜も八時頃かという時、彼女がその姿でうちに来たからである。

「あら、食事は?」

私が聞くと、彼女はハンドバッグをソファに放り出し、

「最悪」

と吐き捨てた。

彼は店を決めてなかったのだという。

「彼が決めることになってたわけ?」

「ハッキリそういう約束ではなかったけど、普通そうでしょッ」

そして彼は、ポロシャツにジーンズで、肩からいつものバッグを掛けていたという。

気合いを入れた彼女は、自分が恥ずかしくなったらしい。

その上、駅周辺をあてもなく歩き、入ったのはサンドイッチショップだった。

「ショーケースのサンドイッチとか飲み物を買って、カウンターで食べる店よ。ビールなんかもあったけど、全部彼が買ってきてくれて、オレンジジュースよ」

これだけでもショックなのに、さらに追いうちをかけられた。彼女は聞いたそうだ。

「サンドイッチとジュース代、お支払いします。お幾らですか」

一応、型通りに聞いたものの、まさか半分取るとは思っていなかったそうだ。

「たかがサンドイッチと紙パックのジュースよ。普通、取らないでしょ」

「うん。取らない」

だが、彼はトレーにのせてあったレシートを手にした。そして、

「じゃ、消費税と合わせて、一人六八二円」

とか言った。

彼女はすてきな洋服の腕をまくり、うちのリビングでビールをガブガブと飲んだ。

「一気にさめた。私、消費税まで割り勘にした男、初めて。初めてよッ」

そして、まくしたてた。

「よほど家計が大変なのかもね。お小遣いなんかもきっと少しでさ。だけど、消費税まで割っちゃう男、ホントにいるんだねえ。明日から頑張って、仕事早く終わらせる。あと三か月もあの男と一緒に仕事したくないよ」

今度は「頑張る」のが仕事になった。

彼女には言わなかったが、あれはすべて彼の作戦ではなかったか。

ジーンズにポロシャツという姿も、店を決めてなかったことも、街をほっつき歩いてサンドイッチショップに入ったことも。そして、消費税まで割り勘にしたこともだ。

彼女の想いが、彼には迷惑だった。

どうも私には彼女を遠ざける作戦だったような気がしてならない。というのも、これほど失礼なことを、大人の男は常識としてやるまい。彼女の猛アタックが、それほど迷惑だった。そう思わざるを得ない。

私は東北大学相撲部の総監督だが、卒業していく部員たちにはいつも言う。

「社会人になって、後輩と会ったり道場を訪ねてくることがあるでしょ。その時、何か食べようとか飲もうとなったら、後輩にはお金を出させないこと。お金がないなら、許す範囲内のお札を出して、『少ないけど、足しにして』と言いなさいね。先輩にそうされると嬉しいし、必ず彼らも後輩にそうやってあげるから」

体育会の悪しき風習だと怒る人もあろうが、この程度の「見栄」は、敢えて言うが「男の作法」だと私は考える。

それでもどうしても割り勘にせざるを得ない状況にあるなら、せめて消費税は割らないように……。

♂得意気に下ネタを言う

私の周囲には、下ネタをよく口にする男性は皆無と言っていい。そのため、その不作法にさらされたことは記憶にない。

ただ、今回この本を書くにあたり、老若を問わずに多くの女性たちに聞いてみたところ、

「下ネタ連発は、問題外の不作法」

「下ネタを言う時の男って、『どうだ』というように得意気でしょう。何で得意なんですかね。あの顔見ると中身が知れます」

「場もわきまえず、相手もわきまえずにやるの。うちの上司にもいて、イヤな顔すると『下ネタくらい、うまく対応できないと、大人の女じゃないよ』って。お前に大人の女なんて言ってもらいたくないよって、女子社員はみんな言ってます」

等々、下ネタを「不作法」とする声が想像以上に多かった。

一人が言っていたように、「下ネタをうまく聞き流せて一人前」とする風潮は、確かにある。その「聞き流し」は難しい。何らかの反応はしなければならない。もしも下ネタで応じたりしては、その女性のプラス評価にはまずならない。

気がつくと「彼女は下ネタ好き」などと広まったりしている。そうなると、男性たちの下ネタはエスカレートし、同性たちからは「彼女は好きだから」で別枠に入れられてしまう。本人はサラリと聞き流し、軽く反応しただけにもかかわらずだ。

結局、下ネタの「聞き流し」は、

「もう、やめて下さいよ」

「またまた、そんな話を」

「返事に困ること言わないで下さい」

と、こんな類いを笑いながら口にするしかないのである。

下ネタというものは、上司とか年配の男たちが口にすることが多いようだ。前述の女性たちも言っていたが、若い男性からはほとんど聞かない。

これは私のカンだが、そういうオヤジたちのターゲットは、若い女性だろう。若い彼女らがドギマギしたり、困ったり、赤くなったりするのが面白いのだ。

若くない女性はドギマギもしないし、赤くもならないし、たとえなったなら、オヤジたちは腹の中で「気持ワリッ」とウソぶいているだろう。

もっとも、昨今の若い女性は十二分に解放されており、ドギマギはもとより、赤くなるのさえ演技ということもある。オヤジたちはそれに気づかない。

中にはカン違いオヤジもいて、下ネタをユーモアだと思っている場合がある。口には出さねど心の中で、

「俺って何か取っつきにくいタイプらしいんだなァ。仕事もできるし、ビジュアルにも気遣ってるし、それに弁が立つ。ゴルフもスキーもカラオケもうまいし、上にも下にも受けがいいし」

なんぞと自惚《うぬぼ》れているオヤジは、

「だから、ちょっと意外なとこ示すっていうか、ユーモアのあるとこ見せる必要もあるんだよ。人は親しみやすくないと」

とばかりに、つまらない下ネタを言う。女性たちはゾッとしているのに、「これで親しみやすくなった俺」などと一人で受けているのである。

下ネタは男同士だったり、あるいは本当にそれが好きな女たち相手でもない限り、不作法と心得る方がいい。

親しみやすさを演出したいなら、下ネタを考える前に、そちらの方法を考えてはどうか。

♂ダジャレを連発する

聞かされて、これほど疲労するものはない。疲労困憊《こんぱい》する。

統計を取ったわけではないが、ダジャレを言うのは間違いなく男性に多い。私の場合会話に必ずダジャレを入れる女性には会ったことがない。実際、あまりいないのではないか。

というのも、女性たちは男性のダジャレにうんざりし、疲労困憊しており、それを口にするのがいかにみっともなく端《はた》迷惑か、わかっているからだろう。

ところが、男性たちは、ダジャレを飛ばすなり「どうだ」と自慢気な顔をする。下ネタの時と同じである。イヤがられているのに、何が自慢なんだか。

私個人としては、ダジャレの方が下ネタよりもっと嫌いだ。下ネタは「フン」と見下した顔もできる。それは本来、人前ですべきではない下《シモ》の話だからである。だが、ダジャレはそういうジャンルのものではない。「人前では禁句」とか「下品」でくくられるものではない。

そのため、うんざりしながらも笑ってみせたり、「うまい！」と言ってみせたりもしないとならない。放っておいてもいいのだが、下ネタでもないジャンルで、「どうだ」という顔をされると、何がしかの反応を示さないわけにもいかない。人間関係の「潤滑油」というものである。

ダジャレを駆使したのが、二〇一八年一月からの連続ドラマ「99・9—刑事専門弁護士—SEASONⅡ」（TBS系）だった。主人公弁護士のダジャレ連発は、もちろんアドリブではなく脚本に書かれているのだと思う。

私の周囲の視聴者たちも「ダジャレがうるさい」といつも言っていたが、視聴率もよく、面白く見られていたようだ。そのため、ダジャレは聞き流せたのだろう。

すると、漫画家でテレビウォッチャーのカトリーヌあやこが、「週刊朝日」の連載コラム「てれてれテレビ」に書いていた（二〇一八年三月三十日号）。

その見出しがズバリ、

「ダジャレ波状攻撃、こっちの忍耐力が持たない」である。これに快哉《かいさい》を叫んだ人も少なくないのではないか。本当にダジャレというものは、たとえドラマ内であっても疲れ切る。まして、連発されると忍耐力が持たない。

カトリーヌは主人公が放つダジャレを書きあげている。

「いただきマングース」

「いただきマツコ・デラックス」

「いただきますだおかだ」

このあたりまではまだ聞き流せるそうだが、

「お待ちどうサマードリーム」

「めしアガサ・クリスティ」

このあたりで徐々にイライラがつのると書く。「めし――」は「めしあがって下さい」のダジャレだろうか。

さらに静まり返った法廷で、弁護士役の主人公が言う。

「絶対に間違いありませんと千尋の神隠し」

そして、「電話をかけても誰も出んわ」「メガネには目がねぇ」だ。看板に向かって「カンバンハ」はともかく、「ちょっとカンバンしてよ」のくどさに体が震え出すそうだ。

タクシーを止めるのに「へい、パクチー」で、いんげん豆を手にして「透明いんげん」。キュウリとトマトを持ちながら「キュウリ走り出して、トマトったでしょ」と来るそうだ。これは、「急に走り出して、戸惑ったでしょ」のダジャレだろう。

カトリーヌが、

「もうね、毎週これですから」

と書くように、これでは「こっちの忍耐力が持たない」のは明らか。

ドラマでは、同僚弁護士がダジャレを聞いて「バカ受けしまくる後処理を担当しているが、もはや彼でも受け止めきれないほどのダジャレ波状攻撃」。カトリーヌはそう書いている。

実社会でも、聞かされる側はこの後処理係なのである。バカ受けは示せないながらも、笑ったり手を叩いてみせたりして、後処理をしないとならない。疲労困憊するに決まっている。

このドラマにちなんだのだろう。同じTBS系のワイドショー「ビビット」で「男はなぜダジャレを言うのか」という企画を組んでいた（二〇一八年三月十五日）。町の男たちに「日頃、ダジャレを言いますか？」とマイクを向ける。すると男たち、まァ、どいつもこいつも、

「言いますよ。『百円食えるか？　ヒャー食えん』」

「言います。『白い犬、頭が白い尾も白い（面白い）』とかね」

と、即座にダジャレをかましてくれる。いかにいつも言っているかという証拠だ。

次に、リポーターは町の女たちに聞く。

「ダジャレを言われると、どう思いますか」

女たちは口をそろえた。

「酔ったオジサンが言う。面白くない。恥ずかしい」

「愛想笑いに苦労します」

まったくその通りだ。

番組では、あの織田信長がダジャレを言ったことも紹介していた。信長は桶狭間《おけはざま》の合戦の直前に、加藤　某《なにがし》という家来に言ったそうだ。

「加藤よ、今日の戦は勝とう」

なぜ男はダジャレを言い、女は言わないのか。番組のこのテーマに、公立諏訪東京理科大学の篠原菊紀《きくのり》教授は、

「男と女とでは右脳と左脳の働きが違う」

と語っていた。

脳の働きが原因となれば致し方ないことかもしれない。ただし、人口の半分を占める女たちが迷惑し疲れ果てている以上、連発は避けるのが作法というものだろう。

ダジャレは「駄洒落」と書き、辞書には「駄」の字が示す通りに「くだらないしゃれ。つまらないしゃれ」と出ている。連発すればするほど「駄」が重なるということだ。

そして、この「ビビット」の直後に「とり天丼」のCMが流れた。

「昆布をごはんにのせ、上からトリ天をのせ、ナイスコンブネーション」

まさかダジャレのCMが来るとは思わず、また、そのうまさについパチパチと手を叩いてしまった私である。

♂ 若い者に譲らない

小説『終わった人』を書くにあたり、つくづく考えたことがある。この小説は、前述したように、エリート銀行マンとして第一線で戦ってきた男の定年後を書いている。どこの企業も、定年は六十代前半だろう。その後、雇用延長で六十五歳までは働く場が保証される。だが、それが終われば「毎日が大型連休」となり、社会的には「老人」の枠に入れられる。

とはいえ、まだ六十代半ばである。もっともっと仕事ができる。若い者より豊かな経験があり、それは大きな武器だ。何よりも、頭も体もピンシャンしている。

当然ながら「俺にもっとやらせろ。若い者より遥かにすごいんだ」と思う。思うが、社会は体よく「もういいです。ごゆっくり第二の人生をお楽しみ下さい」として、お役御免を明確にする。となると、「もっとやらせろ」とは言えない。

それでも人によっては「俺はまだできる」とアピールしたり、しがみついたりする。その気持は多くの読者が理解し、「とてもわかる。共感する」という反響が出版社に毎日のように届いた。

私がつくづく考えたのは、「人はいつ、若い者に譲ればいいのか」ということである。

年齢を重ねる方がいい仕事ができる職種もある。何もかも一律に「若い者に譲れ。お引き取り下さい」は違う。

だが、社会の多くの職種はそうではない。実際にはまだできるとしても、「世代交代」が厳然と阻む。

定年がある企業、組織では雇用延長期間の終了と共に、機械的に切られる。だが、そうではない職種、役職などの場合、自分で引かない限り、言葉は悪いが「しがみつく」ことが可能だったりする。

周囲の人たちは「そろそろ、辞めてくれないかなァ……」と念じていても、本人に言うことはできない。誰も猫の首に鈴をつけられないのである。

公益財団法人日本相撲協会には、横綱審議委員会という諮問機関がある。これは横綱の推挙を決めたり、成績や言動に問題があれば引退勧告さえできる。昭和二十五（一九五〇）年に発足以来、国技大相撲の、それも横綱に関して大きな権限を持つ委員会だ。メンバーは歴代、七十代、八十代の男性中心で、旧華族から文豪、学者、経営者など日本を代表するような人たちばかりである。そうであるだけに。多数の権力ある男性たちが、委員になりたがったと聞く。

この会には定年がなかった。死ぬまで続けられた。

私は思わぬことに、平成十二（二〇〇〇）年に女性で初めての横綱審議委員になった。その時は「任期は一期二年。最長五期十年まで」と明記されていた。すると、ある委員が私に言った。

「僕が定年制を協会に言ったんだ。みんなどこかで現役でいたいんだね。ろくに相撲を観戦できなくなっても、やめない。年を取って、委員会に出るのにお付きの人に背負われんばかりになってもやめない。これは相撲界にとってよくないよ。協会からは言いにくいだろうしね」

その人は、猫の首に鈴をつけたのである。今は十年単位で委員が交替し、年齢も若返った。いいことである。

いつ、何歳で、自分で自分に見切りをつけるか。これは本当に重要なことだと、小説の準備をしながら考えさせられた。

おそらく、中には「人間は年齢ではない。年齢によって区切るのは間違っている」と言う人たちもあろうと思う。

だがやはり、年齢なのだ。四十代くらいまでは当たり前にできていたことが、加齢と共に少しずつ少しずつできなくなっていく。逆に、二十代、三十代はメキメキと力をつけ、経験を積み、体も無理がきく。

どちらが社会の「第一線」に立つ方がいいか。明白である。

それでも引きたくない。その気持は、誰もが理解できるだろう。だが、「自分だって前の世代に代わって、第一線に立った。そして、いい時代を過ごした。譲る時期だ」と考えるしかない。

大相撲の最高位の立行司、木村庄之助には江戸時代から代々伝わる軍配がある。

「譲り団扇《うちわ》」と呼ばれ、庄之助の手から手へと譲り伝えられてきた。そこには、

「知進知退
　随時出処」

　と書かれている。

「自分の進むべき時と、退くべき時を知る。そして、いつでもそれに従う」

　しがみついたところで、先はそう長くはない。陰で「老害」などとあざ笑われる前に「知退」ということではないか。

　あざ笑う若い者たちも、すぐに「老害」といわれるのである。すぐに。


「散る桜　残る桜も　散る桜」

　良寛の辞世の句である。

♂プレゼントの意味をくめない

もうずっと昔のことである。

ある男性のお祝いのイベントがあり、本人が「ぜひ出席して」と電話をくれた。しょっちゅう会う人ではないが、頭もハートもよく、見た目もすてきな人だった。

彼は三十年以上前に一家で外国に移住しており、日本とはスッパリと縁を切っている。そのため、この本を読むこともあるまい。それに、時効だろう。

私はそのイベントに行くことにしたが、会費制ではないという。彼は、

「みんなに来てもらうだけでいいんだよ。何もいらないからね。手ぶらね」

と何度も繰り返す。だが、そうもいかない。

お菓子か花か……。でも、それらはたくさん集まって困るんじゃないか……。幾ら考えたところで、こういう会に持っていくものはお菓子か花か、少々重いがワインか

……だ。身につけるものは趣味がある。

ちょうど春まっさかりだったので、私は表参道の馴染みの花屋に前もって電話を入れた。

「黄色いチューリップばかり五十本で、花束を作って頂けますか。かすみ草とか枝ものとか一切つけないで、黄色いチューリップだけがいいの」

確かイベントの一週間くらい前の電話だ。前もって言っておかないと、黄色いチューリップを五十本用意できないかもと考えたのである。

花はいっぱい集まるだろうが、これなら印象的だろうと思った。

そして当日、五十本のチューリップはすごい重さだったが、びっくりするほどきれいだった。

彼は会場で私の姿を見つけるなり、寄ってきて嬉しそうに言った。

「ありがとう。来てくれて」

私が花束を差し出すと、

「オーッ!!」

と声をあげて胸に抱いた。その日はタキシード風の黒いスーツで、もともとすてきな人なのに、黄色いチューリップの似合うこと似合うこと！

彼は「オーッ!!」の後に続けて、すぐに言った。

「黄色いチューリップ、女房が一番好きな花なんだ。女房が喜ぶよ。ありがとう！」

この言葉を聞いた瞬間、私は心の中で、「こりゃダメだ。こいつ、女にもてないな」と思ったものである。

プレゼントに対し、「超」が三つくらい付く不作法だ。まったく悪気がないことはよくわかっている。また、嬉しさや喜びを表わそうとした心配りもわかる。

だが、誰に対するプレゼントなのかを理解できていない。そのため、本人はよかれと思って言ったセリフが、無神経に聞こえるのである。花は彼へのプレゼントである。彼の女房のためではない。プレゼントしてくれた人の前で言わず、自宅に帰ってからすぐに女房に渡せばいいのである。

脚本家として、ドラマの登場人物にこのセリフを書く場合、かなり無神経なところがあるキャラクターにしないと、成立しない。

その後、女友達としゃべっていて驚いたのだが、彼女たちもプレゼントで無神経な経験をしているのである。みんなで、

「男の人たちって、プレゼントもらいつけてないのかしら。照れてるのかしら」

と盛りあがったのだが、A子の例である。

仕事で世話になった人に、バレンタインのチョコレートを渡した。私的な感情はいっさいない相手だ。むろん、相手はチョコをもらうことなど考えてもいないだろう。だから大喜びするわとA子は思い、選びに選んだ。

そして、当日、廊下で渡した。彼は案の定、びっくりして飛び上がらんばかりに喜んだ。

「イヤァ、ありがとう！　こんなもの頂くほど力になってないのになァ。イヤァ、驚いた」

そして、言った。

「このブランド、うちの娘が大好きでね。最近、ちょっと反抗期だからこれを渡せば会話のきっかけになるよ、きっと」

A子も「こりゃダメだ。こいつ、もてないな」と思ったそうだ。あれから何年もたつというのに、まだ言っていた。

「あの頃の値段で三千円したのよ。まったく、スーパーの義理チョコにしとくんだった。あの頃、一個百円からあったもん」

B子の例である。

B子は同僚女性と二人で、世話になった男性を食事に招いた。三人で話が弾み、それはそれは楽しい時間だった。

メインディッシュがすんだ頃、二人は小さなプレゼントを男性に渡した。高級な水彩絵具である。彼はスケッチ旅行が趣味で、個展を開くほどだという。二人は彼が愛用している絵具を知っており、それを買っておいたのである。

彼は一目見るなり大喜びし、

「えーッ、よくわかったねえ。僕、この絵具しか使わないんだよ。嬉しいなァ。ありがとう。ちょうど買わなきゃと思ってたとこだけど、二人からだと思うと、ありがたくて使えないよ」

と感激。こうして楽しい一夜は終わったのである。

彼は「女房が喜ぶ」とも「娘が好きだ」とも言わなかった。何の問題もないではないか。それがあるのだ。

彼はその絵具を、持ち帰るのを忘れてしまったのである。隣のあいた椅子にポンと置き、そのままだった。

翌日、B子に店から電話が来たという。

「絵具をお忘れじゃないでしょうか」

まさか。あんなに喜んでいたのに……。すぐに同僚女性に言うと、激怒、カンカン。

「最悪。ヤツには言うんじゃないよ。いつ気がつくか見ものよ」

すぐにB子が店に取りに行ったが、男性はずっと忘れたことに気づかない。仕事で顔を合わせても、食事のお礼は言われたが、絵具についてはまったくである。店に確認しても、男性からの問い合わせはないとのことだ。

ついに一週間がたち、B子と同僚女性が彼に言ったそうだ。

「絵具を忘れていると店から電話がありまして」

彼は初めて気づいたらしかった。ギョッとした顔を一瞬見せ、
「探してたんだよ、あの日からずっと。どこでなくしたのかって。まさか君たちに、なくしたなんて言えないし。そうか、よかった。ありがとう。今日、持ってきてる？　大好きな絵具だから、早く欲しい」

するとと打合せ通り、B子が言った。
「忘れるくらいですから、実は全然嬉しくないいんだなって思いまして、ぜひ欲しいという美大生にあげました。すぐ取りに来るほど欲しがってましたから」

以来、B子も同僚女性も彼を「信用のおけない男」として冷ややかに見ている。

プレゼントは難しい。品物選びも喜び方もだ。

ここに書いた例でもわかるが、特に男の人たちは、受け取り方がうまくない。とにかくもらったら、「僕本人がチョー嬉しい」と叫び、忘れぬよう直ちにバッグに入れることである。

♂ 無記名で強く出る

その調査結果は、私が東京都教育委員会の委員だった時に知った。二〇〇五年の年末ではなかったか。

日本、アメリカ、中国の中学生に対し、同じ質問で多岐にわたる項目でアンケートを取った結果である。

三か国平均一一六〇票の有効回収率で、調査は二〇〇二年に行われた。日本では財団法人日本青少年研究所が担当している。

三か国の中学生の回答が、大きく違うことに驚かされた項目を紹介する。選択肢が多いものは一部を抜粋している。

〈私は多くの良い性質を持っていると思う〉

この項目に対し、「よくあてはまる」とした回答は左記の通りである。

中国　　14・6％
アメリカ　49・5％
日本　　6・6％

〈私には人並みの能力がある〉
これに対し「よくあてはまる」とした回答。
中国　　49・3％
アメリカ　56・5％
日本　　15・6％

〈私には、誇れるものがあまりないと思う〉
「全然あてはまらない」とした回答。
中国　　27・6％
アメリカ　50・7％

日本　　14・8%

〈時には、私は役に立たない人間だと思うことがある〉
「全然あてはまらない」とした回答。

中国　　42・0%
アメリカ　43・3%
日本　　13・2%

〈私は他の人々に劣らず価値のある人間である〉
「よくあてはまる」とした回答。

中国　　49・3%
アメリカ　51・8%
日本　　8・8%

東京都教育庁も教育委員も、結果にはある程度の予測はしていたと思う。だが、中国、アメリカに比べ、ここまで差が顕著とは思っておらず、どうにかしなければと問題になった。

このアンケートは、日本の中学生が、

「俺っていい性質を色々と持ってるわけじゃねえし、人並みの能力もねえだろ。誇れるものもねえから、やっぱ役に立たねえ人間なんだって、時々は思うよ。自分に価値なんかあるわけねえじゃん。よくわかってるよ」

と、こう思っていることを表わしている。

読者の中には、「日本だってひとつ、ふたつは中国やアメリカを抜く結果が出てるだろうよ」とムカついている人もあろう。その通りで、両国を大きく抜いて一位という項目もある。

〈毎日の電話やメールの時間は四時間以上である〉

「よくあてはまる」とした回答。

中国　　3・6％

アメリカ　10・5％
日本　30・7％

〈学校以外ほとんど勉強しない〉
「よくあてはまる」とした回答。
中国　8・1％
アメリカ　15・4％
日本　45・0％

〈今の生活で何でもできるとしたら、一番したいのは好きなように遊んで暮らすことだ〉
「よくあてはまる」とした回答。
中国　4・9％
アメリカ　22・5％

日本　38・3%

いずれも他の二か国を大きく抜き、追随を許さぬ独走の一位である。何の自慢にもならないが。

ただ、無記名のアンケートであっても、ちょっと悪ぶって答えたりはあろう。また、学校以外でも勉強しているとか、しっかり働いて充実した気持で暮したいとか、そういうことを言うのはダサいとする風潮も、当時あっただろう。さらには、自尊意識だの自己肯定だのをオープンにすると、いじめられたりせせら笑われたりしそうな恐さもあったと思う。その意味では、数字を額面通りに受け取るべきではないかもしれない。

また、前述したように、これは二〇〇二年の調査結果である。二〇一八年現在に至るまでの間、日本は実に多くのことに見舞われた。

東日本大震災、熊本地震をはじめとする自然災害の数々、一年ごとに総理大臣が変わるという無能な政権、少子高齢多死社会、いじめによる小中学生の多数の自死等々、枚挙に遑《いとま》がない。

そんな中で、若い人たちはずい分変わったと思う。頑張る大人たちを見直したのか、国の行く末に憂いを覚えたのか、どんどん減少する若者として何かを自覚したのか、それはわからない。だが、傍若無人でありながら、自尊意識もなければ自信もないという若者は、確かに減ったと私は感じている。これはとてもいいことだ。

一方、偽悪者ぶっているわけではなく、本当にこの調査結果のような思いを、長じてからも抱えている大人たちはいるように思う。

彼らはこれまでの歳月を生きる中で、相当なストレスを抱えてきたはずだ。おそらく、今も抱えているだろう。自分には人並みの能力もなく、取るに足らない人間だとどこかで思いながら、中学を卒業し、二十代になり、三十代になり、四十代になる。社会で生きていく。ストレスがたまらない方が不思議だ。こういう人たちは、どこかでストレスを発散させて、バランスを取らないと生きては行けまい。

私はその発散方法のひとつが、「無記名で強く出る」ということのように思う。

昨今、ネットでもSNSでも、無記名で何でも言えるし、拡散できる。

かつては無記名の手紙というものもあったが、それは筆跡だの消印だので特定されそうな懸念もあった。が、文字は「書く」ものから「打つ」ものになり、無記名の力はさらに大きくなった。社会的に大きな波紋を広げる力さえ備えている。

無記名とは恐いことである。自分は顔も体もすっぽりと隠しながら、すべてを顕わにしている相手を背後から撃つ。至近距離から撃つ。

正体がバレないとなれば、何だって書ける。嘘も平気だ。相手の気持なんか知ったこっちゃない。相手も世間も震えあがる場合とてある。これは現実社会において自信もなく、ストレスを抱えて生きている人間にとっては、大変な快感だろう。麻薬のような常習性をもたらすかもしれない。

また、理路整然と持論を展開したり、実にまっとうな意見を書く人たちでも、無記名は多い。正体を明かすと、他人にどう思われるか心配だとか、「あいつ、こんなこと考えるヤツか」と言われたりしたくない。

ならば黙っていればいいのだが、持論は書きたい。「発信する権利は何人《なんぴと》も奪えない」と正論を言う。ならば名乗って発信せよと思うのだが、それをやるには小心すぎるのだ。

無記名で強く出ることは、「別人を生きる自分」という快感があるに違いない。

もちろん、前述の調査結果に沿うキャラクターの人が、すべて無記名で強く出るということでは決してない。

ただ、多大なストレスは「別人願望」となりうる危険をはらんでいる。

親の顔を思い浮かべ、可愛がられた日々を思い出し、俺だけでなくどんな人間も生きていくのは楽じゃないと、そう思うことによって、先に進み出せないものだろうか。

現実世界でのストレスを取り除くことが第一であり、無記名で強大な別人になることは、本末転倒である。

♂空疎な言葉を並べる

日本の政治家の言葉はひどい。

これはもう不作法の域を超えている。単に保身のために都合がいいだけだ。

そんな「政治家言葉」を当たり前に使う一般人は、ほとんどいないのではないか。

たとえば、何に対しても言う。

「遺憾である」

この言葉を一般人の口から聞くことは、まずない。が、政治家はすべてコレ。

「遺憾」とは「思い通りにいかず心残りなこと。残念。気の毒」（『広辞苑』）という意味である。

財務事務次官のセクハラ問題をも、沖縄で米軍機の事故が続くことをも、南北朝鮮トップ会談で地図に竹島を自国領土として表記した韓国をも、すべて「遺憾」で処理している。

もはや使われすぎて、何の力も持たない言葉だ。それを垂れ流す。いや、何の力もないから使い勝手がいいのだろう。

また、政治家は「スピード感を持って」という言葉も大好き。「緊張感を持って」というバリエーションと共に、「すぐに行動する」と言わなければならないシーンで、よくこの言葉が出る。

「〇月までにやる」

「〇年までにできるよう、直ちに関係各所と対策を練る」

と言って、言質《げんち》をとられるようなヘマはしない。できなかった時に困るからだろう。その点、「スピード感を持って」は実に使い勝手がいい。「緊張感を持って」もだ。

この言葉は、災害対策からいじめ対策まで、何にでも使える。その意味では、ほめ言葉にもけなし言葉にも使える「ヤバイ」と同じだ。こんな言葉、何回重ねようと、薄っぺらさが倍になるだけである。笑われるだけで、次回選挙の票に響くと知っておいた方がいい。

まだある。

「……と認識している」

「……と理解している」

これは単なる「言いわけ」である。耳にした人たちは間違いなく、言いわけと認識し、言いわけと理解している。

「把握している」もそうだが、これらはすべて「(私はそのように)認識している」ということである。主語は「私」であり、あくまでも「私」の理解であって「把握で」ある。「私」が主語では後で約束違反となっても、突っ込めない。あくまでも「私」の感覚を言ったにすぎないからである。

政治家は、言質をとられない言葉の使い手という意味では抜きん出ている。

最近、首相補佐官が、

「記憶の限りでは」

という言葉を使い、世間で話題になった。これは前述の三語よりもっと、「私」という主語力が強い。「(私の)記憶の限りでは」と匂わせており、さらに「記憶」というものは曖昧で、頼りにならないニュアンスを持つ。後で引っくり返しても、逃れやすい。

もうひとつ、よく聞く言葉に、

「重く受けとめる」

がある。

神妙な顔でこう言いながら、ケロッと前言を撤回する現実を、私たちは何度見てきたことか。これも、うまく逃げるための空疎な言葉である。

私は『カネを積まれても使いたくない日本語』(朝日新書)の中に書いた。

「政治家の『重く受けとめる』は『ま、聞いとくよ』程度なのだと、もはや国民にはバレている」

他にも「身の引き締まる思い」だとか「不退転の決意」だとか、「汗をかく」だの「雑巾がけ」だの、政治家御用達《ごようたし》の空疎な言葉は色々ある。これらはどうも男性政治家が好んで使うように思う。世間はその場逃れだと十二分にわかっており、「またこれだ」とか「また始まった」とあきれているのにだ。もしかしたら、当人も「その場逃れに最適な言葉」とわかって使っているのかもしれない。

さらに、「〜させて頂く」を連発する。

「しっかりと噛みしめさせて頂く」「頑張らせて頂く」「党に持ち帰らせて頂き、議論させて頂く」等々だ。

この「させて頂く」の乱用は、政治家だけではなく、芸能人やスポーツ選手にも少なくない。これもどうも男性に多いようだ。

「新曲を出させて頂く」「新しいチームのユニホームを着させて頂く」「検査を受けさせて頂いた結果、治療に専念させて頂く」等々である。

これらはおそらく、ファンに対し、業界に対し、へりくだっている様子を示したいのだ。政治家の場合は国民に対してだ。有権者に対してだ。

「被災地の皆さまのお役に立たせて頂きたい。小さなことから共に始めさせて頂くという皆さまとのお約束を、多くの議員と共有させて頂くために、私、頑張らせて頂きます」

このように、一回の会話に四回でも五回でも使うのも意に介さない。へりくだり、皆々と共にあることを「～させて頂く」の乱用で示せると思っているのか。もし、そうだとしたら、選挙民は甘く見られたものである。

力があるとされる側が過剰にへりくだるのは、気持が悪いものである。「させて頂く」を連発する大物政治家や大物有名人に、「何と謙虚ですばらしい人」と感じ入る人は、そうそういまい。

これも形だけの空疎な言葉だと、力のない側はとうに気づいているからだ。

政治家が好む言葉は、不作法を通り越して無礼である。

こんな言葉で人心が掌握できるわけがないことを、私たちは反面教師にすべきだろう。

こんな言葉を、一般人が一般社会で政治家並みに乱用したなら、「不作法」以前に「信用できないヤツ」となる。

♂「まずい」のタイミングをくめない

料理のことである。

食べてみたら、おいしくなかった。こういうことはある。その際、「まずい」と言うか言わないか。言うならいつ、どう言うか。

これは結構難しいことだ。

私には、今もって覚えている光景がある。

ひとつは、会社勤めをしていた時のことだ。昭和五十年代半ばだったと思う。

会社には当時、社員食堂がなかった。お昼には毎日、業者からお弁当が届く。この業者は関連企業であり、栄養士が丁寧にメニューを考えていた。春にはタケノコごはん、夏にはウナギなど季節感も取り入れ、会社の補助により一食が格安に抑えられていた。記憶が不確かだが、一食が七十円とか、そんなものではなかったか。

ある年の春、瀬戸内地方出身の社員が配属されてきた。ピカピカの男性フレッシュマンである。

彼はお昼のお弁当を一口食べるなり、言った。

「この魚、冷凍だな」

箸でつつき、怒りをこめた。

「まずい。食えねえ」

その翌日の昼も、その翌日の昼も、次の昼も、魚が出るたびに言う。やれ「石油くさい」だの「こんなの魚じゃねえ」だのだ。

とうとう、私はブチ切れた。

「ちょっとあなた、たかだか七十円かそこらのお弁当よ。あなたが瀬戸内海でどんなにおいしい魚食べて育ったか知らないけど、そんなにまずけりゃ、明日からお弁当の注文やめなさい。自分で高価でいいものを買ってくるなりしなさい。まったく、みっともない。まずいと言いながら、毎日、全部食べてるじゃないの。残すほどはまずくないわけ？　ならば、四の五の言うんじゃないのッ」

大昔のことゆえ、もちろん一言一句は定かではない。だが、こういうことをかなりきつく言ったことは確かだ。

周囲の男子社員たちは黙りこくり、聞こえないふりをして食べ続けた。彼らもこの新入社員の言い草を毎日聞いていたはずで、決して愉快ではなかったと思う。だが、こういうことで怒るのは、たいてい女性である。男性たちは「他に怒ることがある。小さなことだ」と思っているのかもしれない。

しかし、この新入社員の不作法は決して「小さなこと」ではない。これをアチコチで垂れ流したなら、彼に将来はない。

とにかく以来、言わなくなった。

もうひとつは、知人の男性である。彼が私や友人たちを、新婚家庭に招いてくれた。新妻は美人な上、次から次へと手料理を並べる。私たちは感激したものだ。すると、料理のひとつを口にした夫が、

「うまくないいな」

とつぶやいた。そして声を大きくして、酢だったか砂糖だったか醤油だったかが、

「多すぎるんだよ。前にも注意しただろ」

と言った。

私たちはおいしく食べており、決してそうは思わなかったし、場の空気を変えようと、

「いつもよほどおいしい手料理食べてるのね。こんなにおいしいのに言うんだから」

「ホントホント。すごくうまい」

などと懸命になった。

後日、一緒に行った女性の一人が、彼に言ったそうだ。

「自分の口に合わないからって、あの言い方はないんじゃないの？　いくら夫でもひどいと思うわよ。あんなこと、しょっちゅう言ってるの？　人前でもどこでも」

その時の彼の答である。

「言ってるよ。まずいものをまずいと言うのは、大切なことなんだよ。それによって鍛えられて、上手になるからね。妻を鍛えるのは夫の役目だから、上手になるまで言うよ」

彼女は怒って、鬼の形相で私たちに伝えた。

当然、私たちもあきれ、そして怒った。今より封建的な時代ではあったが、「妻を鍛えるのは夫の役目」と口にする男はそういなかったと思う。

後で聞くと、この彼は店でも平気で「まずい」と言うそうだ。おそらく、「店を鍛えるのは客の役目」と思っているのだろう。

少なくとも妻の場合、「鍛えるのは夫の役目」という考え方からして、ズレまくっている。時代錯誤もはなはだしい。さらに、言い方やタイミングがあるだろう。

この夫婦は、しばらくたって離婚した。子供もいないうちだった。原因はわからない。だが、「鍛えるのが夫の役目」という考え方に対し、妻が三下り半を突きつけたのだろうと、私たちの意見は一致したものだ。

店の場合、よほど親しくない限りは、まずくても言わないだろう。二度と行かなければいいだけである。

妻の場合は、「まずい」と言うより、おいしい店に連れていくことだ。おいしい食材の地方を旅行することだ。それが何よりも鍛えることであり、夫の役目である。

その後で、

「あそこのあれは、酢がひかえめだから、うまいんだよな」

とか、

「瀬戸内海の魚を食ったら、絶対にレパートリーが広がるよ。今度、行こう」

とか言えばいいのだ。お金も時間も使わずに、何が「まずい」だ。

♂（笑）などを乱用する

今の世の中、おそらく全然気にならない人の方が多いと思う。であるからして、私が不作法だと叫んだところで通用しないかもしれない。だが、少なくともこれの「乱用」は不作法であり、男をちっぽけに見せる。

メールでも手紙でも、たとえば社内報などのエッセイにも、何にでも（笑）と書くことである。

他にも（怒）（汗）（爆笑）（苦笑）（泣）（悲）、また顔文字や（w）などを使う。（笑）と（爆笑）は、本来、雑誌などの対談、座談、インタビューに記入されるものだった。たとえば、

A子「それ、それ。それって変よォ（笑）」

B男「でも、男としては」

C男「当たり前のことです（爆笑）」

というようにだ。

インタビュー記事でも、

「その頃、うちはすごく貧乏で、兄弟の人数分の傘がないんですよ。お袋は平気で『寝坊したヤツは濡れて行け』ですから（笑）」

というように書いた。座談やインタビューでの雰囲気を伝えるためであり、それによって場の生き生きした様子が伝わった。また、シリアスな話に笑いが起きて、緩和された様子もよくわかった。

ただ、かつては一般の人が手紙や文章に使うということはなかった。まして、（泣）やら（喜）やら（怒）やら、喜怒哀楽を示す漢字を目にした覚えはない。これは言うなれば「メール文化」なのだろう。

私は大学で授業を持っているが、彼らの中には課題に上書きをつけ、

「就職試験で忙しく、規定の枚数が書けませんでした。内容はいいはずです（笑）」

などと書く学生がいる。

私は「ハッキリ言えずに（笑）でごまかして、社会でやっていけるかッ」と怒るのだが、社会に出ても、同じようなものである。

「原稿〆切りが近すぎますが、必ず埋め合わせしますので（笑）」と書いてくるからなア……。

これらの漢字、「記号」と言ってもいいが、女性も使うが、私は男性が使う方が気になる。ちっぽけなキャラを感じ、情けなくなる。

というのも、（笑）や（怒）などをどういう文脈の中で書き入れるかというと、

1．冗談にしたい個所

2．断言したくない個所

3．照れを隠したい個所

であることが多い。

つまり「言い切る」度胸がない個所だ。「ストレートに取られると困るな」という個所だ。

だから冗談めかそうとして、書く。

「会社での俺は無口です。何を言ってもセクハラになる時代だから（泣）。帰って幼い娘と遊ぶ時間だけが生き甲斐の日々です（笑）」

ここに（泣）と（笑）を入れることで、「正面切って言う」というニュアンスが失せ、冗談として緩和される。

また、断言するのを回避し、

「うちの会社は忙しすぎて、このままだと自殺者が出る（怒）。退職を考えてる人間がこれから列をなすよ（笑）」

と書く。

たとえ言い切ったところで、ストレートに言ったところで、さほどの問題もない個所であるのに、ガードする。自尊心や自信を見せるのは嫌われると考え、照れ隠しのように（笑）などを多用する。

「突然、栄転を言われ（驚）、何で俺なんかと戸惑いました（汗）。でも、こんなチャンスは二度とないから、自分には力があるんだと言い聞かせてます（苦笑）」

こうやって、ぼやかす工夫ばかりすることになる。

これを「協調性」とは言わない（苦笑）。単に小心で断言できない小物ぶりを見せているだけだと、私は思っている（怒）。

断言すると嫌われるので、（苦笑）と（怒）を入れておこう。

♂「らしくなさ」を演出する

官庁の中でも破格の地位と力を持つとされる財務省。そのトップに立つ事務次官が、テレビ局の女性記者にセクハラを働いた。

本人は東大法学部出身のエリートで、その行為を否定し続けている。だが、財務省とテレビ局が行為を認定し、次官は辞任に追いこまれた。報道によると、以前から複数の女性たちが被害にあっているようだ。

この一件は、内閣の支持率を大きく下げる一因ともなり、次官は顔ばかりか自宅までカメラに晒されるありさまである。

あふれる報道の中で、私がとても興味深かったのは、「週刊新潮」（二〇一八年五月三・十日ゴールデンウイーク特大号）の記事である。

そこには、彼の次官就任時の日本経済新聞の記事（二〇一七年七月六日付）が引用されていた。

〈時に、「官僚らしくない」と言われた。神奈川・湘南で育ち、入省後も時間を見つけてはサーフィンに打ち込んだ。入省前、東大内で配られた自身の司法試験の合格体験記には、革ジャン姿で登場した〉

とある。

同誌によると、彼の高校は神奈川県下でもトップクラスの進学校。成績は抜群だったが、決してガリ勉タイプではなく、バカを言っては笑わせ、誰とでも分け隔てなくつきあったという。

その一方、同級生の次のコメントがある。

「みんなの前でマルクス、エンゲルスの話をしてましたね」

「キャロルあたりの影響か、リーゼントにしててね。そんなアタマのくせにサッと東大に入っちゃった」

さらに、高二から生徒会長でもあった。進学校のリーゼントの生徒会長だ。

そして、東大の同級生は言う。

「法学部時代は麻雀ばかりだったのに現役で司法試験に通ってね」

ここから、浮かび上がってくるのは「らしくなさ」の「演出」である。

中高生や大学生や、若いうちは「らしくなさ」を好むものだ。それは男女共に見受けられるが、特にエリートの男たちに顕著のように思う。

ガリ勉して成績優秀は当たり前だと思うから、バカばかりを言い、サーフィンに明け暮れる。リーゼントは当時、「不良」と呼ばれる少年たちが好んだヘアスタイルだ。

こんな姿、行動は、少なくとも進学校の秀才の生徒会長には「らしくない」。だから面白いし、魅力的に見える。おそらく、高校時代の次官はそう思って、「演出」に心を砕いていたのではないか。

でありながら、サラリとマルクスやエンゲルスの話をする。ここも大切なのだ。そこらの「不良」とは違うというギャップの妙も、計算ずくだったと思えてならない。

一番わかりやすいのは、司法試験合格体験記の写真が革ジャン姿だったことだろう。

麻雀三昧の学生が、難関の司法試験を現役で突破。この時点で国家公務員試験も合格していたのかわからないが、とにかくそれほどのエリートが、革ジャンで登場した。

何だか「笑っちゃう」ほどベタな演出だし、微笑ましくさえある。

思えば、勉強のできる男子生徒は、試験前によく言っていた。

「全然勉強してねえよ。昨日は遅くまでテレビ見ちゃって。まずいと思ったけど眠たくて、結局何もしないうちに朝だよ」

こう言って、いい点を取るのだ。

バカばかり言い、笑わせ、勉強が苦手なグループともつるみ、早弁、買い食い、代返、校則無視をしながら、成績抜群の男生徒はいた。人望抜群の男子生徒はいた。「らしくない」とは、つまりは意外性である。それはその人間の幅や多面性の魅力を示すことになる。実は陰で必死にガリ勉していようが、生徒会なんて何の興味もなかろうが、「らしくなさ」の演出は快感だろう。周囲が驚けば驚くほどだ。

普通は年齢と共に、その「演出」を恥じるものだが、この次官は五十八歳になっても続けていたとも受けとれる。

エリートの財務官僚、それも次官がセクハラするのは「らしくない」と思ったのか。あるいは、まさかではあるが、「俺の言ってることは、セクハラじゃなくて、単なる

『下ネタ』だよ」と思っていたふしも感じる。

というのも、辞任会見で、

「なるほど、今の時代ってのはそういう感じなのかなとは思いました」

と言っている。この言葉の裏に私は「何でもかんでもセクハラにされる時代か。単なる下ネタだろ」というニュアンスを感じたのだ。

財務次官なのに下ネタ好き。エリートなのに下ネタ好き。

これは、彼が学生のうちから心を砕いて演出してきた「らしくなさ」に、該当すると思ったのかもしれない。

下ネタとセクハラは違う。下ネタには下心が希薄だが、セクハラには「あわよくば」がある。下ネタは笑い飛ばせる場合も少なくないが、セクハラは非常に不快で、陰湿な恐怖感を与えられることがある。

司法試験まで通った男が、もしも本当にセクハラと下ネタの区別もつかなかったのなら、実にお粗末なことである。そして、還暦近くになってもなお、「らしくない」ことをよしとしていたなら、何とも幼稚きわまりない。

「週刊新潮」では、高校時代の彼について同級生の言葉をもうひとつ紹介している。

「あ、オンナにはモテてなかったです」

当然だろう。女は高校生であっても、「らしくない」の演出は見破るものだ。おそらく陰で笑っていただろう。

「あそこまでやると恥ずかしくないか？　もろ、パターン」

「恥ずかしいなんて気づかないから、やってんだよ」

「アッタマ、ワリー」

「てか、ナルちゃんだよね」

そういうことだ。「らしくない」を演出することは、ナルシシストであることを焙《あぶ》り出す。女の多くはナルシシストが嫌いだ。不快だ。

もてたいなら、薄っぺらな「らしくない」は避ける方がいい。

♂「事実を言ってるだけ」

なかなか口にしにくいことを口に出す場合に、付け加える常套句である。

「これ、悪口じゃありませんよ。事実を言ってるだけですから」

言いにくいことをケロッと口にした後、周囲の気まずさに慌て、

「これ、けなしてるんじゃないんです。僕はただ、事実をお話ししただけで」

と取り繕ったりもする。

「口にしにくいこと」というのは、多くの場合、よくないことである。

姿形、美醜、出来不出来、良し悪し等々のマイナス面だ。

次のエピソードは、私が実際にそばで聞いている。

以前に、社会的地位のある男性が、よくできると評判のA子さんを指名して、仕事をしていた。すると、その彼が言った。

「『A子さんってどんな人？』とよく聞かれるんだよ。彼女、やはり評判なんだね」

そして、笑顔で続けた。

「僕ね、いつも言うんだ。『美人じゃないけど、いい人だよ』って」

私を含め、それを聞いた男女数人は黙った。「美人じゃない」は言わない方がいいし、さらに「いい人」と来た。これは男にとっても女にとっても、ほめ言葉とは言い難い。

この彼は、高い社会的地位を得るまでに相当鍛えられたと思うが、そこら辺がまったくわかっていない。エリートだが、オンナにもてずにここまで来たのだろう。

私たちの表情から、彼はシマッタと思ったらしい。

「僕はA子さんを悪く言ってるんじゃないよ。仕事もできるしって、事実を言ってるだけだよ」

この「事実を言ってるだけ」は、マイナス面をさらに強調するに等しい。「事実」というものは揺らぎようがないからだ。たとえば、美人ではない、頭がよくない、仕事ができない等々は「事実なのだ」と示していることになる。

もっとも「すごい美人だね」というプラス要素の言葉も、場面を考えて言わないと失敗する。

「B子さんって美人だねえ。初めて会ってびっくりしたよ。イヤァ、あんな女性がうちの会社に入ったなんてなァ」

これを同じ会社の女子社員たちの前で言うのは、バカである。慌てて「事実を言ってるだけだ」と弁解したなら、取り返しがつかない。さらに慌てふためき、

「いや、君たちも美人だよ」

と言ったら、再起不能である。

女にもてずに来た男ほど、こうなのだ。バカの骨頂だが、もてずに来たので、これでことなきを得られると信じているのだろう。

「けなしているのではなく、事実を言ってるだけですから」とか「悪口ではなく、本音を言っているだけですから」というセリフは、私が知る限り、女性はほとんど使わない。圧倒的に男性である。そして、男性に向かっても言う。

「なんでこんなに簡単なことを間違うんだ。もう君に仕事は任せられない。ここまで

できないと、次から女の子にやってもらう。いや、僕は君を思えばこそ、事実を言ってるんだ」

私が会社員だった頃、上司によってはこんなことを当たり前に男子社員に言っていた。今ならパワハラであり、女性蔑視のセクハラだ。

今回、何人かの女性たちに聞いてみると、

「今の時代は、そこまでひどくは言いません。でも、『事実を言ってるんだ』とか『みんなが思ってることを言ってるんだ』とか言う男性は少なくないですよ。そう言うと、チャラになると思ってるんでしょうね。全然チャラにならないのに」

と答えている。

「なーんちゃって」をつけると、前言がチャラになると思っている男たちも、かつては多かった。たとえば、A子に言う。

「A子さんは仕事で生きるべきだよ。もうおトシで結婚もありえないし……なーんちゃって」

これは揺るぎないセクハラであり、今では「なーんちゃって」を使う人もあまり聞

かない。だが、話を聞いた女性たちによると、

「『とか何とか？　てか？』『みたいな』『的』を使う男性たちはいます。言葉が変わっただけです」

というこ とになる。たとえば、

「もうおトシ的に結婚もありえないし、とか何とか？　てか？」

「……ありえないし、みたいな」

である。前言の強さをやわらげる言葉だと思っているのだろう。全然そうではないが。

「ただ、若い男性はセクハラ、パワハラなどハラスメントに厳しい社会で育ってますから、まず口にしない。問題はオヤジたちです。『えっ、こんなことまでパワハラかよ。口あけられないな』なんて言ってますから」

一度口に出したことは、どう取り繕おうと絶対にチャラにはならない。それをわきまえることは、男の作法である。

♂ ××じゃないからわからない

　ずっと昔、テレビであるスポーツ中継を見ていた時のことだ。

　解説席には、かつてそのスポーツで名を馳せた男性が座っていた。とうに引退したが、選手時代は私もファンだった。

　テレビで中継中の戦いは、クライマックスを迎えていた。

　たとえば、野球ならツーアウト満塁、一打出れば逆転。バッター四番のA選手がボックスに入った。

　またたとえば、大相撲。十四勝一敗で相星の東西横綱が優勝をかけて、決定戦に出場。A横綱が勝てば前人未到の連勝新記録、B横綱が勝てば初めての地元優勝で、客席は地元民であふれている。

　またたとえば、ボクシング。世界最強王者と初対決の日本人A選手。この一戦の戦いぶりによってA選手の将来が決まる。王者は薄ら笑いを浮かべ、自信満々だ。

こういう息づまるシーンである。

ボクシングではないが、ある戦いで実況アナが解説者に聞いた。興奮を抑えていることが口調ににじむ。

「A選手、どんな気持でしょう」

解説者は答えた。

「僕はA選手じゃないから、わかりません」

この一言で、私のファンとしての熱が一気にさめた。こんなにセンスの悪い会話をする人だったのか。ショックだった。

あの時、確かアナウンサーは、

「そりゃそうですね」

というような言葉を、笑いながら返したと記憶している。おそらく、内心では「何て答だ」とムカッ腹が立ったと思うが、プロとしてそれを表に表わすことはなかった。

「××じゃないからわかりません」という言葉ほど、不作法な返事はないと思う。

「木で鼻をくる」とはこのことである。これは「相手に対して無愛想で味もそっけもない態度をとること」（『岩波ことわざ辞典』／時田昌瑞）と出ている。

何より醜悪なのは、相手のテンションが通常より上がっている状態で発せられた質問に対し、木で鼻をくるからである。

前述の実況アナにしても、大試合を前にテンションが上がっていた。

またたとえば、毎日毎日飼い主を待ち続けた忠犬ハチ公、その話になったとする。

「どんな気持で待ってたのかしらね……」

「さあ、僕はハチじゃないからわかりません」

たとえば、怒りの会話でもだ。

「これ、日本として厳重に抗議すべきよ。総理は黙ってられないでしょッ」

「さあ、僕は総理じゃないからわかりません」

喜びの時もだ。

「P子の絵がコンクールで大賞をとって、賞金三百万だって!!　今までお金を全部画材に回して、頑張った甲斐があったと思わない？　P子、三百万なんて見たことないよ。今まで頑張ってよかったって思ってるよね」

「さあ、僕はP子じゃないからわかりません」

こう返事をした本人は、意識していないのかもしれない。だが、悲しみであれ、喜びであれ、テンションの上がっている人の鼻をへし折るのである。へし折られた人は、高揚していた自分が恥ずかしくなる。恥をかかされたのである。

この返事は、どうも男性が多くする。女性からはほとんど聞かない。

誰だって、彼がハチでないことも総理でないことも、P子でないこともわかっている。なのに、こう言う。醜悪である。

おそらく、中には、

「怒りすぎだよ。ハチや総理じゃないことをわかって言ってるんだから、これはジョークだよ。一緒に笑うべきとこだろ」

と言う人もあろう。

これをジョークと思うことからして、まったくセンスがない。ジョークやユーモアは相手に恥をかかせないものである。

　どうしても「××じゃないからわかりません」の類いを使いたいなら、言い方を工夫するしかないと思う。

「ハチは雨の日も雪の日も待ったんだろ。ハチの気持はわかんないけど、必ず帰ってくると思ってたんだろうな」

「ホント、P子よくやったよ。三百万か。P子じゃないからわかんないけど、あいつのことだから、また全部、画材買ったりしてな」

　これだと、高揚している相手も恥をかかされない。

「××じゃないからわかりません」

　は、そこで会話が終わってしまうのだ。実況アナはさすがプロで、さり気なくあいづちを返した。だが、普通は、不快な思いと恥ずかしさだけを残すだろう。

　私の女友達は中小企業のA社にいる。そして、一人で大きな仕事をまとめたのだという。むろん、彼女は嬉しくて嬉しくて、すぐに、上司に報告した。上司もすごく喜んでくれたそうだ。彼女は、

「大手よりもウチを選んで発注してくれたのが、嬉しいです。何がプラスに働いたん

でしょう」

と勢い込んで言った。すると上司、

「さあ。僕は発注元じゃないからわかりませんな」

と答えたそうな。彼女はハイテンションの自分が死ぬほど恥ずかしかったと、私に言った。

話はこれで終わらない。

課の忘年会で、どこだかの店に行った。店の名物は大きな爆弾コロッケで、帰りに揚げたてを一個ずつ持たせてくれるのだという。それはリンゴほどもある大きさだった。すると件の上司が、A子に言った。

「すごいな。何でこんなに大きいんだ？」

A子はサラッと答えたそうだ。

「さァ、私はコロッケじゃないのでわかりません」

それを聞いた私たち女友達までが、溜飲を下げたのである。

♂ 思い出話に燃える

昔のことや思い出を語るのは、そしていつ果てるとも知れずに続けるのは、どうも年配の男性に多い。

聞かされる側は、もちろん失礼にならないようにあいづちを打ったりする。だが、そうすると相手はますます気合いが入り、話はいくらでも広がる。年配男性が複数いて、聞かされるのは自分一人という時は、もう地獄である。

戦後七十年以上がたつ今、戦争体験者も少なくなっているが、私が十代、二十代の頃はどこを向いても体験者ばかりだった。

十代、二十代というのは、思い出話を最も聞きたくない年代である。だが、あの当時の年配男性は意に介さない。おそらく、今ほど「若い人に嫌われたくない」という意識もなかったのだろう。それに、思い出話に本人が陶酔してしまい、止まらなくなるようにも見えた。さらには、そんな年長者を若い人が皮肉っぽく笑ったり、バカにしたりは難しい時代でもあった。

当時の年配男性は、どんなことからも、みごとに思い出話にもっていったものである。それは芸術的でさえあった。たとえば、若い人が言う。

「俺、卵かけごはんにするかな」

すると、待ってましたとばかりに、

「卵が当たり前に食える暮しを有難いと思えよ。ワシらが子供の頃は、卵なんて病気した時しか食えなかったんだ。家族が病気して、ほんの少しお相伴にあずかれたりすると、もう嬉しくて自慢でさ。わざと口のまわりに黄身をくっつけたまま、学校に行ってね。卵を食ってきたことを、みんなにわからせたいんだよ。先生まで驚いた顔してな」

ここまで読んだだけで、うんざりしただろうが、こんなものではない。芸術はまだまだ続く。

「そういう子たちが大人になって、戦争に駆り出されたんだ。ろくに食ってなくて、体も細くて小さくて、それでも徴兵検査受けてね。体格によって甲種合格とか乙種合格とかあって……隣のケン坊なんて丙種だったけど戦地に行ったよ。もう戦局がひどいことになってたから。出征の朝、母親がたったひとつ取ってあった卵を食わせてな。町のみんなでバンザイして送り出したけど、母親は泣いてたよ。嬉し涙だって言ってたよ。だけど、そんなわけないだろ。母親はケン坊が復員するまで卵を食わないって言ってさ、結局、一度も食わないまま死んだ。ケン坊が早くに戦死したからな。戦死といえば、俺の友達でレイテ島に行ったヤツがね……」

こうして延々と続く。

傍若無人な若い世代であればこそ、道徳としても聞くべき話である。だが、私自身を振り返っても、苦痛以外の何ものでもなかった。

むろん、思い出話は戦争の話だけではない。現代の若い人でもやる。

「俺が全国大会に出た五年前は、体育会の上下関係はこんなもんじゃなかったよ。殴る蹴るじゃなくて、威圧感っていうかさ。もう朝から晩まで下級生はピリピリしてるわけだ。俺が三年の時にさ……」

となる。

バーのママをやっている私の女友達は言っている。

「昔話、男の人は若いホステスにやる、やる。そりゃ、こっちは商売だもの、上手に聞くわよ。夢中でしゃべりまくってる時に、どさくさにまぎれてボトル入れさせたりさ。『フルーツ、いいかしら』なんてね。だけど、昔話ばっかりだと、若いホステスは内心でうんざりしてるわよ。だから、私がサッと代わって聞いたりね」

と笑った。どんな昔話が多いのかと問うと、言下に答えた。

「自分が会社の第一線に立っていた時のこと。うちのお客は五十代以上が多いから、定年も近かったり、すでにしてたりよ。あと関連企業に移ってる人もいるし」

こういう男たちが、若いホステス相手に昔話を展開する。それは自慢がからむ場合もあるが、彼女は客を見ていて感じるそうだ。

「懐かしんでるの、その頃を。大抜擢された仕事がスタートする直前に、入院してそのポジションをライバルに持っていかれたとか、退職したいと女房に言ったら、『我慢して勤めるより退職して。二人で頑張りゃ何とかなるから』って言われたとか。いいことも悪いことも懐かしくて、それで『若かったよな……あの頃』ってなるわけよ」

若い人から年配者まで、思い出話をしたがる理由はひとつだと、私は考えている。思い出を語っている時間は、自分がその頃に戻れるのだ。「その頃」というのは、多くの場合、自分の黄金期だ。思い出話をしている間だけは、二度と戻ってはこない黄金期が、その中にいた自分が、甦る。また、つらい時代のことであっても、それを乗り越えた自分が懐かしい。話すだけで風景や空気までが甦り、生き生きと動き出す。

こうなると、当然ながら聞いてくれる相手が必要だ。ブログに書いたところで、生《なま》身《み》の相手に話すようには、その時代に戻れまい。

聞かされる方は迷惑千万。商売でもない限り近寄りたくないが、つかまったら最後、逃げられない。

私は小説『終わった人』で、主人公に思い出話をさせている。妻や周囲の者たちを相手にである。彼は話している時だけ、エリート時代に戻れるのだ。

するとある時、彼の同級生が言う。

「思い出と戦っても、勝てねンだよ」

甦る数々の思い出は、過ぎたことなのだ。過ぎたことは、つらいことであっても甘美な香りがつきまとう。俺は若かったな、悪くなかったな、懐かしいな、いい時代だったよな……と。

現在の自分が、甦る黄金期と戦っても勝てない。不毛な戦いなのである。

私は十年前に突然の心臓病に襲われ、二度の手術と計四か月の入院で、奇跡的に「生還」した。

病後は持久力が大きく落ち、また、走ることや階段をかけあがることも以前のようにはいかない。

そんな時、つい思い出すのだ。昔は水泳部で幾らでも泳げたのに、昔は徹夜で仕事をしても平気だったのに、昔は脚がもっと動いたのに、昔は、昔は……である。

その時に、この言葉を思い出した。

「思い出と戦っても勝てねンだよ」

そうだ、思い出と戦っても無駄だ。負ける試合はしないことだ。

持久力を少しでも戻すために、筋力をつけるために、あらゆる機能を少しでも元に戻すために、今を生きることだ。やっとそう気づいた。

実はこの言葉、プロレスラーの武藤敬司のものである。

ハッキリと年月はわからないが、二十年近く前の全盛期ではないか。その頃、武藤と蝶野正洋、故橋本真也は「闘魂三銃士」と呼ばれ、トップレスラーだった。だが、プロレスファンの少なからずは、ジャイアント馬場とアントニオ猪木が忘れられない。二人が築いた黄金時代を懐かしむ。

武藤ら三銃士は試合の他に、ファンの持つ思い出とも戦わなければならなかったのである。その時、武藤は気づいた。

「思い出と戦っても勝てない。今と戦うことだ」と。

彼はその思いを、雑誌（確か『週刊プロレス』だった）に語った。私が病気するより遥かに前のことであったが、読んだ私は深く感じ入ったのである。

小説でこの言葉を使いたくて武藤に連絡し、許可を頂いたほどだ。

思い出話をする人が男性に多いのは、今は変わりつつあるとはいえ、日本社会があらゆる場面で男性を起用してきたことと、無縁ではあるまい。思い出を作るシーンを、女性より多く与えられていたことに一因はあると思う。

思い出話は、今を生きる若い人たちにとっては、めめしいことだ。多くのシーンを与えられてきた男たちに、めめしさは似合わない。

思い出話を始めたくなったら、

「思い出と戦っても勝てねんだよ」

と、つぶやいてフォールするに限る。

♂ドレスコードを無視する

私の女友達が、

「結局、頭が悪いのよ」

と言った。

妙に納得できた。

色々な集まりに、その会にふさわしい服装で行かない人たちについてである。

授賞式とか結婚式とか誕生日会とか、日常から離れた会に出席する時は、しかるべき服装、つまりドレスコードがある。それが明記されていなければ、その会の意味や主催者の思い、開催場所等々を総合的に考えて、自分で決める。

招待状には、「平服でお越し下さい」と書かれたものもよく見る。この場合の「平服」とはどのレベルと考えればいいのか。

たとえば、誰かの受賞を祝う会で、主催者と発起人にはそうそうたる名が並ぶ。場所は都心の一流ホテルだとする。この場合、「平服」というのはTシャツ、ジーンズ、スニーカーではない。そう考えるのが普通だろう。

かつて、私も出席したのだが、都心のホテルでパーティがあった。ある女性が九十歳になり、卒寿のお祝い会である。出席者は内輪の男女、二十人くらいだっただろうか。

めでたい席であり、訪問着の女性もいれば、華やかなドレスの女性もいた。男性は全員がスーツにネクタイで、主役の卒寿女性は濃い紫のレースのロングドレスだった。

会が始まるまで、みんなでシャンパンを飲みながら歓談していたのだが、その時、一人の男性が入ってきた。私は初めて会う人だが、四十代半ばだろうか。

彼は薄汚ないジャンパーに、よれよれのズボン。履き古したスニーカーに、ホコリっぽい大きなリュックをしょっている。何が入っているのか重そうで、足元に置いた時、ドンと音がした。

ホテルマンが来て、

「お荷物、おあずかり致しましょうか」

と言うと、彼は手を振り、テーブルの下に足で押し込んだ。

あきれて見ていたのは、私だけではなかった。その彼をよく知っているらしい男性が、

「今日は仕事先から？」

と聞いた。彼は普通に答えた。

「いや。家からです」

質問した男性の妻だろうか、笑顔で聞いた。

「ここ、終わったらどっか行くの？」

誰の目から見ても、このお祝い会に出席する服装ではなかったのだ。彼は、

「いやいや、まっすぐ家に帰りますよ」

と答えた。

つまり、薄汚ないジャンパーも、ヨレヨレのズボンも、リュックもスニーカーも、このお祝い会に出るための服装だったということになる。少人数の内輪の会ゆえ、招

待状はなかったし、誰もが主催者の息子さんから電話で招かれていた。

私はもう記憶していないが、「平服でいらして下さい」と言われたかもしれない。

だが、会の性格を考えると、「平服」のレベルはおのずと見えてくる。この四十代半ばらしき男が、そこを考えられないとしたら、女友達の言うように、

「結局、頭が悪いのよ」

が一番説得力がある。

何を着て、その会に出るか。それは、その会の主役や主催者たちをどう考えているかということだ。「平服」とされてもTシャツに短パンだの、襟《えり》ぐりの伸び切ったトレーナーにフリースパンツだのでは、主役も主催者も「この程度にしか考えてないわけね」となる。

かつて、私は月刊「将棋世界」という雑誌に連載を持っていた。その時、びっくりしたことがある。

同誌には、プロ棋士が企業や大学の将棋部に指導に行く連載があった。プロ棋士は駒落ちで対局もする。めったに会えないプロから直接習えるのだ。

これがひどいの何の。習う側の人間の身なりがである。

どこの将棋部にも、女性部員はほとんどいなかったように思う。男たちの服装は、本当にひどかった。

自分たちは「習う立場」である。その上、わざわざ、プロが自分たちのために出向いてくれるのである。プロ棋士は毎回、交代で担当していたが、誰もがスーツにネクタイだった。

ところが、習う男どもといったら、ヨレヨレのシャツだったり、叩けばホコリが立つようなトレーナーだったりだ。会社の終了後ということで、通勤のスーツ姿の人たちもいた。だが、多くは自分たちのために、わざわざ来てくれるプロへの敬意が感じられない。学生の中には、フィールドワークの帰りだったり、実験現場からの人たちもいたかもしれない。だが、着換えられるはずだ。要は「これでいいじゃん」なのである。

私は何か月間か我慢して読んでいたが、とうとうある日、ブチギレた。そして、同誌の自分の連載に書いた。大企業や一流大学の将棋部であれ、あの服装は最悪だと。

考え直せと。

面白いのはこの後である。

私は将棋関係者たちから、

「よくぞ書いてくれました。プロは自分からは言えないでしょうが、絶対に同じことを思ってますよ」

と言われた。

するとある日、同誌の編集部から私に電話があった。

「××大学（超一流大学デス）の部員たちが、内館さんに言われる筋合いはないと怒っています」

私はすぐに答えた。

「あら。ならばうちの事務所に抗議文を寄こすか、そうだ、いっそオープン抗議で雑誌の企画にしたらどうかしら」

「いや……顔も名前も出したがらないと思います。編集部への抗議でも、名前は言いませんでしたから」

この腰抜けぶりである。私は、

「抗議するなら、名乗りなさいと伝えて」

と、せせら笑って言った。

それっきりである。これが「超一流大学」の精神レベルである。

彼らは論外だが、大仰なパーティや会などに、若い人がわざとドレスコードを外して、「何でもないカッコ」で出かけたがる気持はわかる。そういう気持になる年代というのは、確かにある。

「別に。それほどのもンでもないしさァ」

と、自分は全然肩に力が入っていないと、アピールしたい。

「いつもと同じだよ、いつもと」

と示したい。それはつまり、「気合い入れるってカッコ悪いじゃん。別に気合い入れるほどのものでもねえしさ」と、何ごとにも「自然体で気負わず、さりげない俺」を見せたいということだろう。

若いうちは、これをやりたがる。成長過程で避けて通れない心理だと思えるほどだ。

私自身もやった。

成人式に弟の着古したダッフルコートを着て、セーターにジーンズで出かけたのである。

弟は高校生だったが、コートのポケットに赤鉛筆の印だらけの丸めた競馬新聞が入っていた。私はそれさえ小道具にし、わざわざ手に持って、会場に行ったのである。

会場は東京の大田区にあるどこかのホールだったはずだ。何しろ団塊の世代なので、びっしりと二十歳で埋まっている。男子成人はスーツ、女子成人は振り袖。圧倒的にそうだった。

私も振り袖を作ってもらっていたが、着るのはカッコ悪かった。みんなと同じというのもカッコ悪いが、成人とか成人式を重大なこととして考えているようで、イヤだった。

ダッフルコートに競馬新聞のオネーチャンも、今になるとわかる。あれは若気の至りだった。親の気持や、よくぞ二十歳まで元気に生きたと考えたりすると、成人式とは大変な節目である。晴れ着で祝い、同じカッコの同級生たちとワイワイやる方が、ずっと自然なことだった。

「若い」とされる時期を過ぎると、わかってくるものだ。

その頃カッコいいと思っていたことが、実はとてつもなくカッコ悪いのだと。

大人になってからもなお、ふさわしい服装をわきまえられない不作法は、「結局、頭が悪いのよ」である。

♂相手の地元を悪く言う

ある日、「人生相談」のコーナーを読んでいた私は、あまりのことに驚いた。

二十代の会社員女性が、婚約者のことで相談しており、結婚の日程も決まっているようだった。

彼女の悩みは、婚約者が彼女の住む県を嫌い、悪しざまに言うことだという。文面からすると、要は、

「お前の地元は大嫌いだ。お前の家族や友達が嫌いなんじゃないよ。お前の地元がイヤ。全都道府県の中で一番田舎だからな。お前の地元にはなるべく近寄りたくねえよ。俺は都会の出身だし、都会が好きなんだ」

という内容である。そして、次の相談文があった。

「彼とは、この話になるたびに喧嘩になります。私としては、自分が生まれ育った環

境や、そこで暮らす人をおとしめられているような気がして、とても悲しくなります。涙が出るほどです」

彼女がこの気持を彼に伝えると、上べだけで謝る。「二度と言わないで」と頼んでも「無理だ」と答えるという。彼のことは、この点以外では本当に好きだそうで、どういう気持で結婚すればいいかという相談だった。

これを読んだ時、私が思ったことは四つ。

彼は田舎者だということ。

彼は小物だということ。

彼の言葉はパワハラだということ。

彼女は婚約を解消すべきであること。

これらは短い相談文からだけで十分にわかる。

「自分は都会の出身だから都会が好き」、これは自分の故郷を愛する気持であり、いい。だが、相手の故郷を悪しざまに言うのは、田舎者である。この「田舎者」とは地方在住者とか地方出身者という意味ではない。どこの出身でどこに住もうが、洗練されていない人、理《ことわり》のわからない人という意味である。

おそらく、この彼は二十代か三十代だろう。その年代の男は、やらねばならぬことが山ほどあるはずだ。仕事でも地域でも趣味でも何でもだ。そして、リーダーから最も頼りにされる年代でもある。それが婚約女性の地元の悪口に明け暮れているのか。誰からもアテにされてない小物だということが、よくわかる。

そして、相手に対しての言葉は、明らかにパワーハラスメント、「パワハラ」である。弁護士に訴えていいレベルだろう。

このレベルの男とは、絶対に結婚しない方がいい。結婚したらさらにひどくなる。それは目に見える。

たとえば、彼女（つまり妻）の親や友人が、地元の食材や銘菓やお酒を送ってくれたとする。間違いなく彼（つまり夫）は言う。

「俺の目につかないとこに置いとけ。俺は田舎が嫌いなんだよ。伝染《うつ》るからな」

そして、銘菓や酒を一瞥して言う。

「まったく、田舎くせえ包装だよ。見るだけで恥ずかしいよ。こういう県で育ちゃ、誰だって田舎者になるよな。全都道府県の中で一番田舎だから、しょうがねえけどよ」

これを脚本家の創作だと笑うなかれ、結婚したらこうなることは間違いない。妻側の冠婚葬祭には文句をつけ、子供が生まれれば「田舎に連れていくな」となるだろう。加えて、小物で、若いのに社会では「終わった人」状態のため、妻へのパワハラしかやることがないのだ。

妻は「私が支えればきっと直る」と思いたいだろう。その気持はわかる。ごくごくたまには直る人もいるかもしれない。だが、この性癖は直らないことが多いと思う。そんな者と、何を好んで暮しを共にするのだ。相談者の女性はまだ二十代、いくらでも人生を切り拓けるし、小物に取りすがる必要はない。別れよ。

そう思って読んでいて、識者の回答にまたびっくりした。回答の要旨は、

「彼をなぜ許せないのか理解できない。彼の感情はプロ野球のあの球団が好きとか、田舎より都会が好きというような、軽い気持と考えよ。家族や友人を嫌っていないのだからいいではないか。地元の好き嫌いで争っても何のメリットもない。仕方ないと、

広い心で彼と接してはどうか」

であった。

回答者は法律家だったが、まったく「パワハラ」に触れていないことにもびっくりした。専門家から見れば、この程度はパワハラではないのだろうか。

この回答は私とはまったく違う考え方だが、これも正しい。だいたい、私は何でもかんでも「別れろ」「捨てろ」「出直せ」とする傾向が非常に強い。自分でもよくわかっている。あらゆることにおいて、別れない道、捨てない道、現状を工夫して生きる道を探すのは、まっとうである。

それでも気になった私は、母校の武蔵野美大で学生たちに聞いてみた。十六人ほどのゼミ形式の授業を持っているので、この相談内容を話した。学生の出身地は、半数が東京とその近郊、あとの半数は北海道から九州までの各地である。

私の話を聞いた十六人のうち、十四人が、

「許せない。別れる」

と答えた。あとの一人は、

「そういう相手とは、最初からつきあわない」

と言い、もう一人の男子学生は、

「うーん。可愛い子だったら許す」

ときた。爆笑の中、私は、

「『美人は三日で飽きる、ブスは三日で慣れる』って言うのよ」

と諭しておいた。

この人生相談は極端にしても、他人の出身地を悪く言ったり、あざけったり、チラとバカにしたりという人はいる。

二〇一七年四月、東日本大震災の被害をめぐり、時の今村雅弘復興大臣が「（大震災が）まだ東北で、あっちの方だったからよかった」とコメントしたことにも、私はそれを感じた。彼は佐賀県出身だが、東京生活が長いので地方都市を上から見ているのか。この失言で辞任し、「東北にとってはよかった」と思う。

こういうことを言う人は女性にもいるが、男性の場合は小物っぷりが際立つ。今村大臣がいい例である。

世間には故郷を嫌う人もいるが、多くの場合、故郷は「聖地」なのだ。他人から見たら、平凡な山でも川でも、さほど見るべきものも特筆すべきものもない地域でもだ。特に絶対に、くさしてはならないのが「祭り」である。

それが小さな小さな村祭りであろうが、故郷の祭りは別格の地位にある。その地域の人にとっては、世界中から観光客が集まる祭り以上のものなのだ。

私の女友達は若い頃、彼の地元の祭りをハナで笑ってしまい、婚約破棄された。本当である。私たち友人は、誰も彼女の味方をしなかった。

「他人の地元を悪く言う」ことは、不作法の最たるものだ。それがわからないのは、やはり「結局、頭が悪いのよ」ということだろう。

考えてみれば、不作法の大半はこの言葉で処理できる。恐いことだ。

あとがき

確か二〇一六年のことだったと思うが、ある男性から言われた。

「男の不作法みたいなもの、書いたら面白いと思うんですよ。新書とか手に取りやすい本にしたら、読みたいですね」

「男の不作法」――私にはまったくない発想だった。

面白いと思った。だが、何しろ『男の作法』（池波正太郎・新潮文庫）という名著がある。昭和五十六年にごま書房から出たそれは、新潮文庫になって三十余年がたつ今も、あの池波正太郎が語る「男の常識」ということで一〇〇刷も近いほど読まれている。とてつもない名著である。

そこに私如きが「男の不作法」を書くのはひるむ。それこそ不作法だろう。

一年近く逡巡していたが、ふと気づいた。私が池波にひるむのは、いわば大相撲の三段目が東の正横綱にひるんでいるのと同じだと。これは「笑っちゃう」ほど図々しいことである。そもそも番付の格が違い、ひるむなどおこがましい。

書くことを決めた私は、まず十代後半から七十代前半の老若男女に聞き取りを開始した。どんなことに「男の不作法」を感じるか。不作法は次から次へと出てきた。私自身もこれまでさんざん痛いめに遭わされ、ムカつき、立腹していたことが少なくないだけに、みんなとの話は本当に面白かった。

その中から絞って三十項目にしたのだが、読者の中には「おかしい。もっと腹立つことがある」とか「ピックアップすべきをしてない」とか思う方々もあると思う。だが、話を聞いた老若男女と私と男性担当編集者とで決めたラインナップにも、納得して頂ける項目は少なくないのではないか。

書いていて何より気を遣ったのは、「こう書いてあるけど俺は違う」とか「当てはまらない人は多いよ」などの反論である。

確かにある不作法に、すべての男性が当てはまることはありえない。また、ある言動に対しても、不作法と感じる人もいれば感じない人もいるだろう。百人いれば百通りだと思う。

だが、遠回しに婉曲《えんきょく》に、私自身の意見もぼやかして書いては、それこそ不作法ではないか。そこで幾度となく、「すべての人がこうだというのではない」「私が周囲や聞き取りをした男女を例に言えば」「傾向として私は感じている」などと書き添えている。その意味では、非常に書きにくいテーマであった。

やがて、書いているうちにわかったことがある。

不作法の多くは、サラリと少しやる分には許されるものもある。だが、つい過剰にやる。ガッツリやる。だから嫌われる。サラリとならば、相手も聞くだろう。心の中で「またか」と思っても、一言二言を聞き流せばすむからだ。

だが、自慢であれ愚痴であれ思い出話であれ、一言二言ではすまず、過剰にやってしまう。どこの誰が、自慢やら愚痴やらを延々と聞きたいものか。過剰にならぬよう、意識して抑え込むことこそ、作法の第一歩かもしれないと思わざるを得なかった。

古くから伝わる相撲甚句に「土俵の砂つけ」（作詩　呼出し永男）という名曲がある。特に歌い出しの詩は秀逸とされている。

〽土俵のヤ砂つけて　男をみがく

ものを磨く研磨材として、昔から砂が用いられてきた。「磨き砂」と呼ばれるものだ。

力士は土俵の砂を体につけて、男を磨くというのである。これは稽古や本場所で転がされて砂まみれになることだけではなく、相撲部屋での生活などすべてが、磨き砂となって男を磨くという意味だろう。

誰にとっても、仕事や環境、人間関係、日常生活等々すべてが、磨き砂となるのかもしれない。その中に、きっと「人のふり見て我がふり直せ」という教えもあるに違いない。

二〇一八年九月　　　　　　　東京・赤坂の仕事場にて　内館　牧子

※なお、本文中の敬称は省略させて頂き、具体例の一部を変えたところもあります。

この作品は二〇一八年十一月幻冬舎新書に所収されたものです。

幻冬舎文庫

●好評既刊
女盛りは心配盛り
内館牧子

いつからこんな幼稚な社会になってしまったのか？　内館節全開で、愛情たっぷりに〝悩ましい大人たち〟を叱る。時に痛快、時に胸に沁みる、《男盛り》《女盛り》を豊かにする人生の指南書。

●好評既刊
女盛りは不満盛り
内館牧子

罵詈雑言をミュージカル調に歌い、他人の人権を踏みにじる国会議員。相手の出身地を過剰に見下す、モラハラ男。現代にはびこる〝困った大人達〟を、本気で怒る。厳しくも優しい、痛快エッセイ。

●最新刊
猫は、うれしかったことしか覚えていない
石黒由紀子・文　ミロコマチコ・絵

「猫は、好きをおさえない」「猫は、引きずらない」「猫は、命いっぱい生きている」……迷ったり、軸がぶれたとき、自分の中にある答えを探るヒントを、猫たちが教えてくれるかもしれません。

●最新刊
グリーンピースの秘密
小川　糸

ベルリンで暮らし始めて一年。冬には家で味噌を仕込んで、春には青空市へお買い物。短い夏には遠出して、秋には家でケーキを焼いたり、縫い物をしたり。四季折々の日々を綴ったエッセイ。

●最新刊
四十歳、未婚出産
垣谷美雨

四十歳目前での思わぬ妊娠に揺れる優子。これが子供を産む最初で最後のチャンスだけど……。シングルマザーでやっていけるのか？　仕事は？　悩む優子に少しずつ味方が現れて……。痛快小説。

幻冬舎文庫

●最新刊
人生で大事なことは、みんなガチャから学んだ
カレー沢薫

引きこもり漫画家の唯一の楽しみはソシャゲのガチャ。推しキャラを出すべく必死に廃課金ライフを送っていたら、なぜか人生の真実が見えてきた。くだらないけど意外と深い抱腹絶倒コラム。

●最新刊
ひとりが好きなあなたへ2
銀色夏生

先のことはわからない。昨日までのことはあの通り。あまりいろいろ考えず、無理せず生きていきましょう。（あとがきより）写真詩集

●最新刊
だからここにいる
自分を生きる女たち
島﨑今日子

安藤サクラ、重信房子、村田沙耶香、上野千鶴子、山岸凉子――。女の生き方が限られている国で、それぞれの場所で革命を起こしてきた十二人の女たち。傑作人物評伝。

●最新刊
やっぱりかわいくないフィンランド
芹澤　桂

たまたまフィンランド人と結婚して子供を産んで、ヘルシンキに暮らすこと早数年。それでも毎日はまだまだ驚きの連続！「かわいい北欧」のイメージを覆す、爆笑赤裸々エッセイ。好評第二弾！

●最新刊
ありえないほどうるさいオルゴール店
瀧羽麻子

北の小さな町にあるオルゴール店では、「心に流れている音楽が聞こえる」という店主が、不思議な力で、傷ついた人の心を癒してくれます。今日はどんなお客様がやってくるでしょうか――。

男《おとこ》の不作法《ぶさほう》

内館牧子《うちだてまきこ》

令和3年2月5日　初版発行

発行人――石原正康
編集人――高部真人
発行所――株式会社幻冬舎
〒151-0051東京都渋谷区千駄ヶ谷4-9-7
電話　03(5411)6222(営業)
　　　03(5411)6211(編集)
振替00120-8-767643
印刷・製本―中央精版印刷株式会社
装丁者――高橋雅之

幻冬舎文庫

ISBN978-4-344-43054-9　C0195　う-1-19

幻冬舎ホームページアドレス　https://www.gentosha.co.jp/
この本に関するご意見・ご感想をメールでお寄せいただく場合は、
comment@gentosha.co.jpまで。